KB173924

THE
TEA ROOM

다실 구성의 원리와 실제

일양차문화연구원 편

THE
TEA ROOM

다실 구성의 원리와 실제

일양차문화연구원 편

이른아침

나만의 티룸에서 즐기는 천상의 차 한잔

최근 차를 즐기는 사람들이 늘어나고 차를 전문적으로 배우는 차인의 숫자도 늘어나면서 개인다실을 꾸며보고 싶다는 말을 많이 듣게 된다. 해외 여행의 과정에서 일본의 전통다실, 중국의 다관, 영국의 애프터눈 티를 제공하는 티룸에 들렀다가 차의 매력에 빠지는 경우도 적지 않은 모양이다. 그리고 이런 경험들은 차에 대한 관심을 넘어 아름답고 고요하며 정갈한 나만의 티룸을 갖고 싶다는 욕망을 불러일으키기도 한다.

차의 확산과 차문화의 발전을 항상 염원하는 일양차문화연구원의 입장에서는 이보다 반갑고 즐거운 소식이 없다. 실제로 필자들은 전국 곳곳에서 다실을 꾸미고 싶어하는 회원들과 차인들을 위하여 이제까지 많은 조언과 실질적인 지도를 해오기도 했다. 하지만 주어진 환경이나 차실 주인의 요구사항이 그때그때 달라서 다실에 대한 이론과 구체적인 지식을 일목요연하게 정리할 기회를 얻지는 못했다. 말하자면 지도자의 경험과 개인적인 심미안에 의지하여 다실을 구상해주고 기물들의 배치며 공간의 활용법을 지도해왔던 것이다. 그런데 마침 지난해부터 다실 구성에 관한 이론과 실제를 책으로 엮어주었으면 좋겠다는 요청이 국내의 출판사는 물론 해외의 출판사로부터도 정식 전달되었다.

필자들은 이미 '다화', '티 테이블 세팅' 등 찻자리 연출에 관한 책들을 여

러 권 집필한 경험이 있고, 또 현장에서의 교육 못지않게 책을 통해 다수에게 지식을 전달하는 것에도 큰 의미를 두고 있었기에 기꺼이 이에 응하기로 했다. 하지만 정리된 기존 이론이 없어 오래도록 고심해야 했고, 연초 이후에는 코로나19 사태가 터지는 바람에 여유롭게 전국을 돌며 사진 촬영을 진행하지 못하는 등의 난관에 부닥치게 되었다. 다행히 차의 혜택과 하나님의 은혜로 무사히 책을 내게 되니 감회가 새로울 뿐이다.

이로써 보다 많은 사람들이 차와 다실에 대한 이해의 폭을 넓힐 수 있고, 다실의 실제 구성에 우리의 아이디어와 샘플을 충분히 활용할 수 있다면 이보다 더한 기쁨이 없겠다. 또 한중일의 차인들이 이 책을 통해 상대 나라의 차와 문화, 전통 다실에 얽힌 역사와 미의식을 서로 이해하고 교류할 수 있는 기회가 된다면 더 바랄 것이 없겠다.

2020년 봄

일양차문화연구원, (사)세계기독교차문화협회

회 장 박 천 현

A cup of heavenly tea in my very own tea room

With more and more people enjoying tea and the number of tea masters who wish to professionally learn tea increasing in recent years, I often hear people saying they wish to make own tearoom. There also seem to be a fair number of cases where people fall in love with tea after visiting Japanese traditional tea rooms, Chinese tea houses, and tearooms that offer English afternoon tea while traveling overseas. And these experiences go beyond having simple interest in tea and make people yearn for their very own neat and serene tea room.

Nothing is better news than this for the IL-YANG Tea Culture Research Institute, which always wishes for the expansion of tea and the development of tea culture. In fact, we writers have actually given a lot of advice and provided practical guidance for our members and tea masters who wish to make tea rooms all over the country. However, given the environment or that the tea room owner's requirements are different from time to time, there hasn't been an opportunity to manifestly put together the theory and specific knowledge of the tea room. In other words, they relied on the supervisor's experience and personal aesthetics to supervise the tea room's composition and how to use space such as arranging the teaware. But fortunately since last year, there have been formal requests from not only Korean publishers but also from foreign publishers saying they would like to compile the theory and practice regarding the making of tea rooms into books.

We writers were glad to participate as we already had experience writing several books about the presentation of tea table settings such as Tea-Table Flower and Tea Table Setting and we also think significantly of spreading knowledge to many people through books just as much through learning on site. However, we had to go through great pains for a long time as there were no existing theories and with the COVID-19 since the beginning of this year, we faced many difficulties such as being unable to easily travel around the country to conduct photoshoots. But being fortunate enough to publish the book thanks to the benefits of tea and God's protection is refreshing.

Readers will hereby have a broader understanding of tea and tea rooms and we couldn't be happier if those people actually use our ideas and fully make use of our samples to the practice making of their tea rooms. Moreover, we would wish for nothing more if this book provides Korean, Chinese, and Japanese tea masters the opportunity to understand and exchange each other's tea, culture, and the history and aesthetic sense intertwined with their traditional tea rooms.

Spring 2020

IL-YANG Tea Culture Research Institute,
The World Christian Tea Culture Association

Chairman ChunHyun Park

차 례

Contents

I

다실 구성의 원리

Principle of the Tea Room Making

1. 다실(티룸)의 탄생

인류가 차를 처음 마시기 시작한 것은 지금으로부터 약 5천 년 전인 신농(神農)의 시대부
터라고 한다. 중국 신화에 등장하는 인물

인 신농은 사람들에게 불의 사용법과 농사
법을 가르쳐준 신인(神人)이자 약초학(藥草學)
의 시조로 꼽히는 인물이다. 약초학의 창
시자인 그가 각종 풀들의 식용 가능성을 탐
색하던 중 하루는 독초(毒草)에 중독이 되었
는데, 찻잎을 우려서 마시고 이를 치료했다
는 것이 차 신농 기원설(起源說)의 요지다.

이러한 기원설을 통해 우리는 인류가 마시기 시작한 최초의 차가 약(藥)의 일종으로 활용되
었음을 알 수 있다. 특히 독을 풀어주는 해독(解毒)작용이 주목을 끌었던 듯하다. 지금도 해
독작용은 차의 가장 중요하고 유익한 기능 가운데 하나로 손꼽힌다.

손님 접대용 기호음료

이렇게 중국에서 처음 시작된 음다(飮茶)의 풍습을 구체적으로 보여주는 가장 오래된 기록
은 전한(前漢)의 선제(宣帝) 때 왕포(王褒)라는 선비가 만든 노예매매 계약서인 <동약(僮約)>이
라는 문서다. 기원전 59년에 작성된 문서이니 지금으로부터 대략 2천 년 전의 기록이다.
이 계약서의 핵심 내용은 양혜(楊惠)라는 과부의 전(前)남편이 거느리던 편료(便了)라는 남
자 종을 왕포가 1만 5,000냥에 매수한다는 것이다. 이 계약서에는 종인 편료가 해야 할 일
들의 목록이 나열되어 있는데, 무양(武陽)에 가서 차를 사오는 일과 손님이 오면 차를 달
여서 대접하는 일도 그 가운데 하나였다. 이로써 지금으로부터 약 2천 년 전의 중국에 차
를 마시는 풍습이 있었고, 또 차를 매매하는 상행위가 이루어지고 있었다는 것을 알 수 있
다. 이처럼 상행위가 가능했다는 것은 그만큼 음다의 풍습이 사회 일반에 널리 퍼져 있었
음을 말해주는 것이기도 하다.

<동약>의 내용 가운데 우리가 주목해야 할 또 한 가지 사실은, 이 당시 차가 이미 손님 접
대를 위한 음료로 이용되고 있었다는 점이다. 손님에게 약(藥)을 대접하지는 않는다. 따
라서 손님에게 대접하는 음료라면 당연히 그 맛이나 향을 즐기기 위한 기호음료이며, 차

는 이때 이미 약이 아니라 기호음료로 이용되고 있었음을 알 수 있다.

선(禪)의 경지를 추구하는 정신음료

중국에 불교(佛敎)가 처음 전해진 것은 전한(前漢) 시대인 기원전 2세기 무렵이라고 한다. 이 무렵 중앙아시아를 동서로 횡단하는 실크로드가 개설되었으며, 이 길을 통해 인도의 불교가 중앙아시아를 거쳐 중국에 전해진 것이다. 이후 기존에 있던 도교(道敎)와 인도에서 전해진 불교가 만나면서 중국 특유의 불교로 발전하게 된다. 불교의 공(空) 사상과 도교의 무(無) 사상이 결합되면서 인도의 불교와는 다른 동아시아적 불교가 탄생하게 된 것이다. 이것이 더욱 구체화된 것은 달마대사(達磨大師) 이후의 일로, 달마는 중국 선종(禪宗)의 초조(初祖, 창시자)로 손꼽힌다. 대략 지금으로부터 약 1,500년 전의 인물이다.

그런데 이 달마대사 때 처음 차를 마시기 시작했다는 이야기도 전한다. 달마는 참선(參禪)을 통한 깨달음을 추구하는 선종(禪宗)의 개창자로, 그 자신이 9년 동안 동굴에서 면벽(面壁) 수행을 한 인물로도 유명하다. 그런데 이 위대한 수행자도 참선 도중 쏟아지는 잠을 참기는 어려웠던 모양이다. 결국 어느 날 자꾸만 감기는 자신의 눈꺼풀을 떼어내어 밖으로 던져버렸는데, 그 자리에서 나무 하나가 자라났고, 그 잎을 끓여 마시자 마침내 수마(睡魔)를 굴복시킬 수 있었다는 것이다. 이 나무가 바로 차나무였고, 이때부터 사람들이 차를 마시게 되었다는 것이 달마 기원설의 핵심이다.

달마대사의 활동 시기보다 약 500년 전에 체결된 노예매매 계약서 〈동약〉에 음다에 관한 기록이 남아 있으니 차가 달마대사로부터 처음 시작되었는 기원설은 신빙성이 전혀 없다. 하지만 달마가 수행 도중 잠을 쫓기 위해 차를 마셨다는 이야기로부터 우리는 차의 각성(覺醒)작용이 오래 전부터 사람들에게 인식되어 활용되었음을 알 수 있다. 달마의 차를 활용한 수마(睡魔) 퇴치 이야기는 특히 선종 승려들의 수행 과정에 차가 적극적으로 활용되었던 연유를 잘 설명해준다.

달마의 가르침을 따르던 이후의 선종 승려들은 차를 적극적으로 받아들여 부처님 앞에 올리는 제물 가운데 가장 중요한 것으로 삼고, 그 자신의 수행을 위해 활용하고, 절에 찾아오는 신도들을 접대하는 음료로도 활용하였다. 이로써 불교 사찰의 차는 다양한 의미와 형식을 띠게 되었으며, 사찰은 차 문화가 가장 번성하는 영역으로 자리를 잡았다.

다실의 탄생

〈동약〉에 따르면 차는 이미 2천 년 전부터 접대(接待)의 음료로 활용되었다. 궁궐을 비롯한 관청은 물론 민가에서도 손님의 접대에는 반드시 격식이 필요하며, 격식을 갖춘 찻자리를 위해서는 특정한 공간을 필요로 하게 된다. 그것이 다른 용도로는 사용되지 않는 손님 접대 전용의 다실(茶室)은 아닐지라도, 손님과 더불어 차를 마시며 담소를 나누기 위해서는 이에 필요한 테이블과 의자, 여러 차도구와 찻물을 끓이는 도구 등이 갖추어진 실내의 장소가 필요했을 것이라는 얘기다. 처음에는 일종의 다용도 건물이나 공간이 다실로 활용되었을 가능성이 높다. 한국의 경우 서양의 응접실이나 오늘날의 거실 역할을 수행했던 사랑방이나 대청마루가 그런 공간의 예다. 사찰에서는 일종의 휴게공간인 지대방이 이런 역할을 주로 담당했고, 궁궐의 경우에는 연회를 위한 별도의 건물이 있어 이를 활용했다.

한편, 고대인의 차생활이 실내에서만 이루어진 것은 아니다. 동서양을 막론하고 각종 모임과 행사들은 실외에서도 많이 치러졌으며, 당연히 실외에서의 음다 또한 자연스럽게 이루어졌을 것이다. 동양의 경우 경치가 아름다운 산과 연못가에는 많은 정자(亭子)들이 지어져 사람들의 모임과 여흥에 이용되었는데, 이런 곳도 역시 다실의 역할을 수행했다.

이렇게 이미 있는 건물과 이미 있는 실내에서 이루어지던 초기의 차생활은 점차 시간이 흐르고 차의 중요성이 늘어나면서 전문 다실(티룸)의 탄생으로 이어지게 되었다.

2. 차와 다실의 발전

세월이 흐르면서 차는 단순한 약이나 기호음료를 넘어 귀한 손님을 접대하기 위한 최상의 의례용(儀禮用) 음료로 발전하였고, 이어 달마대사가 창시한 선불교와 결합하면서 정신적 가치를 지닌 음료로까지 그 위상이 높아졌다. 이는 차를 마시는 행위와 예절(禮節)이 하나로 결합되었다는 것이고, 나아가 차 마시는 행위가 일종의 구도(求道)로까지 발전되었다는 의미다. 실제로 과거와 현재를 막론하고 두 사람 이상이 참여하여 차를 마시는 자리에는 어떤 형태로든 예절이 존재하며, 많은 차인들과 승려들은 차를 통해 특별한 정신적 깨달음의 경지를 체험하려 한다. 술을 마시는 자리나 식사를 하는 자리에도 예절(에티켓)은 있지만, 찻자리의 예절은 대체로 이들 자리의 예절보다 까다롭고 복잡하며, 종교생활이 아니면서도 정신적인 득도(得道)의 경지를 추구하는 경우는 차생활밖에 없다. 이에 마침내 다례(茶禮)나 다도(茶道)라는 말이 생기게 되었다.

육우와 차인의 탄생

이처럼 독특하고 형이상학적인 차의 역할과 위상 등을 반영하고, 이를 즐기거나 이를 통한 깨달음의 경지를 추구하는 데 필요한 일체의 지식과 자세 등을 다룬 최초의 책이 육우(陸羽, ?~804)의 『다경(茶經)』이다. 육우는 부모가 누구인지도 모르는 채로 갓난아이 때부터 선종 사찰에서 스님의 보호 아래 자랐다. 당연히 참선(參禪)과 음다(飲茶)에 일찌감치 입문했다. 하지만 불교보다는 유가(儒家)의 책들을 더 즐겨 읽었고, 결국 승려 생활을 접고 환속하여 유교와 불교의 두 세계를 두루 섭렵했다. 그런 그가 평생 매달린 연구 주제가 차였으니, 차를 통한 이상적인 인간상의 확립이 그의 최종 목표가 되었다. 일찍이 달마대사가 차의 각성효과를 인식하여 참선 수행에 이를 활용했다면, 육우는 음다에 불가의 참선이나 유가의 수양(修養)과 같은 높은 정신적 가치를 부여했다고 할 수 있다. 불교든 유교든, 저마다 목표로 하는 최고의 정신적 경지에 도달하기 위해서는 지식과 지혜, 그리고 오랜 수련이 필요하다. 마찬가지 이치로, 차와 관련된 지식과 지혜와 수련의 과정이 충분하다면, 그로써도 해탈(解脫)이나 군자(君子)의 경지에 충분히 도달할 수 있다는 것이다. 차를 통해 이런 최상의 경지를 추구하는 사람들을 우리는 흔히 차인(茶人)이라고 한다.

그렇다면 육우가 말하는 차인은 어떤 사람일까? 『다경』의 첫 번째 장(章)에서 육우는 차를 마실 수 있는 자격을 갖춘 사람의 품성으로 '정행검덕(精行儉德)'을 들고 있다. 정신과 행동이 바르고 검소하여 덕을 갖추었다는 말이고, 차를 마실 때는 이런 정신적 경지를 추구하지 않으면 안 된다는 가르침이다.

그런데 일종의 음료수에 불과한 차를 마시는 단순 행위를 통해 고도의 정신적 가치를 추구하는 수행이나 수양과 동일한 결과를 얻으려면, 음다에도 참선이나 수양에 못지않은 격식과 예절과 규범 등이 필요하게 된다. 물론 차는 언제 어디서든 마실 수 있는 음료이긴 하지만, 차가 주는 혜택을 온전히 누리기 위해서는 특정한 시간과 장소, 그리고 음다의 규칙이 필요하게 되는 것이다. 특히 차를 통해서, 불교 승려들의 참선이나 유생들의 수양이 추구하는 경지와 똑같은 경지에 도달하려는 차인이라면 이런 시간과 공간의 제약 및 형식의 준수는 필수적인 것이다. 다실이 반드시 필요하고, 다실에서의 예절과 규범도 반드시 존재해야 한다는 얘기다.

차와 선불교의 확산

중국에서 처음 시작된 음다 문화는 육우가 활동하던 시기가 되면 중국 전역으로 확산된다. 육우는 '집집마다 차를 마시게 되었다'고 당시의 상황을 요약한다. 이렇게 중국에서 일상화된 차는 이내 인접 국가로도 전파되었다. 우리나라와 일본의 경우 선불교와 차문화가 거의 동시에 전해졌고, 전래 초기부터 차와 선(禪)은 밀접한 관계를 맺으며 서로 발전을 촉진하게 되었다.

한반도의 경우 4세기에 인도 출신의 허황옥(許黃玉)을 통해 차가 처음 전해졌다는 설이 있으나 옛 문헌으로는 확인되지 않고, 『삼국유사(三國遺事)』에 따르면 대략 6~7세기에 중국에서 신라로 차가 전해진 것으로 보인다. 기록에 따르면 선덕여왕(善德女王)이 차를 즐겨 마셨다고 하고, 문무왕(文武王)은 예불을 할 때 헌다(獻茶)를 지시했다고 하며, 설총(薛聰)은 신문왕(神文王)에게 '정신을 맑게 유지하려면 차를 마시라'고 권했다고 한다. 모두 7세기에 활동하던 인물들이다.

불교의 전래는 이보다 조금 빨라서, 고구려가 처음 불교를 받아들인 것이 서기 372년이다. 신라는 중국이 아니라 고구려에서 불교를 받아들였는데, 대략 5세기의 인물인 눌지왕(訥祗王) 때의 일로 여겨진다. 신라에서 불교가 공식적으로 인정된 것은 527년에 일어난 이차돈(異次頓)의 순교 이후다. 이 무렵 차도 신라에 전해졌고, 1세기가 지나자 왕과 승려들, 귀족

층을 중심으로 음다가 행해진 것으로 추정된다.

일본의 차에 관한 최초의 기록은 9세기에나 나온 다. 하지만 7세기 말에 백제가 신라에 멸망하면 서 그 왕족과 귀족 등이 대거 일본으로 망명한 만 큼, 이때 불교와 차가 동시에 일본에 전해졌을 것 이라는 의견도 있다. 이후 일본의 차는 에이사이 (永西) 선사가 송(宋)나라에서 귀국할 때 차 씨를 가 져와 교토 북쪽의 고우잔사(高山寺)에 심은 1191년 까지는 큰 발전을 이루지 못했다. 에이사이 선사 는 이어 1214년 일본 최초의 다서인 『끽다양생기

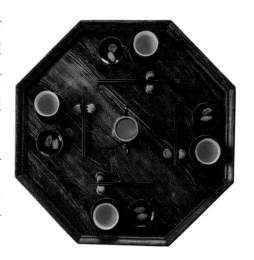

(喫茶養生記)』를 저술하였고, 차의 대중화에 앞장서는 등 일본차의 시조로 평가되고 있다.

이처럼 한중일 3국의 초기 차문화는 선불교와 떼려야 뗄 수 없는 밀접한 관계를 맺고 있 었다. 따라서 차의 효용과 가치 역시 불교적 측면에서 우선 부각될 수밖에 없었다. 그렇다 면 선종의 사찰에서는 차를 어떻게 이해했을까?

첫째, 차는 수행승(修行僧)의 필수 음료로 이해되었다. 달마대사와 차의 전설 이후 그의 제 자가 된 선승(禪僧)들에게 차는 수마(睡魔)를 퇴치하는 최선의 수단이자 참선에 필요한 정신 적 각성(覺醒)을 위한 최고의 음료가 되었다. 이런 실용적인 목적 외에 차생활에는 육우 이 후 그 자체의 규범과 예절이 확립되면서 음다 자체가 구도(求道)의 한 방편이 되었다.

둘째, 차는 부처님의 감미롭고 달콤한 진리의 말씀을 상징하는 제호(醍醐)의 물질적이고 감 각적인 대체제로 인식되었다. 사람들은 제호를 흔히 우유로 끓인 일종의 죽 같은 것으 로 생각하지만, 불가에서 말하는 제호는 그런 물질적인 죽이나 음료가 아니라 듣거나 만 질 수 없는 부처님의 형이상학적인 말씀을 상징하는 것이다. 따라서 부처님 자체를 기억하 기 위해 눈에 보이는 불상이나 탑을 만들 듯이, 부처님의 말씀을 현실에서 항상 맛보기 위 해서는 오감으로 인식되는 물질로서의 대체제가 필요하고, 차가 그런 역할을 담당하게 되 었던 것이다. 부처의 말씀과 제호와 차가 모두 한 가지인데, 이 가운데 가장 현실적이고 직 접적인 것이 차였던 셈이다.

셋째, 차가 부처의 말씀이요 차 맛이 부처님의 진리를 상징하게 되면서, 차는 사찰에서 가 장 핵심적인 공양물이 되었다. 사찰에서 치르는 가장 중요한 의식인 육법공양(六法供養)에 차 가 들어가게 되고, 승려들은 부처님의 말씀을 한시도 잊지 않는다는 의미를 담아 아침저

녘 예불 때 부처님 앞에 차를 올렸다. 7세기의 신라에서 이미 왕이 예불 때 헌다를 지시했다고 하니, 사찰에서의 차 의식은 차의 전래 초창기부터 있었던 것이라고 할 수 있다.

사찰 의식에서의 차 의례(儀禮)는 당연히 사찰에만 국한되지 않았다. 불교국가였던 신라와 고려의 경우 팔관회(八關會)나 연등회(燃燈會)처럼 불교 의식이 곧 국가 행사인 경우가 많았고, 이런 대규모 행사를 구성하는 여러 의식이나 의례들은 자연스럽게 다른 행사에도 활용되기에 이르렀다. 모든 행사는 기본적으로 큰 규모와 볼거리, 질서정연한 진행을 추구하게 되므로 당연히 차 관련 의식들은 크고 중요한 행사를 상징하는 하나의 아이콘이 되었을 것이고, 사찰과 국가 행사 외에 민간의 행사에도 차 의식이 빠지지 않게 되었다.

사찰에서 시작된 헌다 의식은 실제로 민간의 제례 의식에도 전파되었다.『삼국유사』에 따르면 신라의 왕들은 조상들의 제사 때 반드시 차를 올리도록 했으며, 고려시대가 되면 주자가례(朱子家禮)가 도입되면서 사당에서 낮에 지내는 제례에 모두 술 대신 차를 올리고 그 제례의 명칭까지 차례(茶禮)로 바뀌게 되었다. 또 제례 뿐만 아니라 관혼상제(冠婚喪祭) 모두에 헌다 의식이 생겨났으며, 이러한 민간의 차 관련 의식 가운데 일부는 현대에까지 전해졌다. 또 각종 의례에 차를 올리는 일이 보편화되면서 차생활에서 특히 예(禮)를 강조하는 우리나라 특유의 문화도 점차 강화되었다.

다실의 원형

차와 선불교의 수행과정이 결합되면서 음다에는 일정한 규칙이 생겨났고, 사찰에서의 각종 행사에서 차가 중요한 자리를 차지하게 되면서 차의 의식(儀式) 또는 의례(儀禮)도 생겨나게 되었다. 차와 관련된 이런 의식은 당연히 시간과 장소의 제약을 받게 되니, 행사의 다양한 규모나 종류 및 성격에 따라 차의 의식 또한 다양화되었다. 이런 다양한 의식을 행사가 진행되는 공간이 어디인가에 따라 분류해보면 대략 다음과 같다.

첫째, 궁중에서의 차 의식이 있다. 전통시대에 궁궐은 곧 국가였으므로 국가 차원에서 진행되는 행사에서의 차 의식이다. 고려는 물론 조선시대에도 이런 의식은 꾸준히 이어졌다. 왕이나 왕비의 생일, 왕자나 공주의 결혼, 세자의 탄생, 왕의 등극, 사신의 영접 및 전송 등 국가적인 차원에서의 크고 작은 행사가 열릴 때마다 차 의식도 함께 진행되었다. 대규모 행사인 경우가 많으므로 실외나 경회루(慶會樓) 같은 의식용 전각에서 진행되는 것이 보통이었다. 궁중다례(宮中茶禮)라는 명칭이 있을 정도로 전통시대에는 비중이 큰 차 의식이었다.

둘째, 사찰이나 관청 등 비교적 규모가 큰 단체가 주관하는 행사에서의 차 의식이 있다. 종교적 기념일의 행사, 지역의 노인들을 위한 기로연(耆老宴) 등에서의 차 의식이 예가 될 수 있다. 동헌(東軒)이나 대웅전(大雄殿)처럼 상대적으로 규모가 크고 행사장으로 활용할 수 있는 건물이 있으므로 차 의식 또한 여기서 진행되었다. 참여하는 대중의 숫자가 많으면 당연히 야외에서 진행했다.

셋째, 정자(亭子)와 누각(樓閣) 등 휴식이나 전망을 위해 세워진 주택 이외의 건물에서 진행되는 차 의식이 있다. 풍광이 빼어난 정원이나 공원 등에 세워지는 이런 누정(樓亭)은 작은 행사나 소수가 참여하는 차 의식에도 제격이었다. 신라에 전해진 차가 가장 먼저 보급된 계층으로 승려 외에 화랑(花郞)이 있었는데, 이들은 전국을 주유하며 심신을 단련하고 애국심을 고취하곤 했다. 그런 화랑들의 수련장 가운데 강릉의 경포대(鏡浦臺)와 한송정(寒松亭)에서는 돌우물과 돌절구 등 이들이 차생활을 하는 데 사용했던 유물들이 발견되었다. 또 8세기 때의 임금인 신라 경덕왕(景德王)이 남산의 삼화령(三花嶺)에서 부처님께 차를 공양하고 돌아가던 충담(忠談)스님을 불러 차를 청했던 곳도 귀정문(歸正門) 위의 누각이었다. 이로써 신라 때부터 누정이 중요한 차 의식의 진행 장소였음을 알 수 있다. 고려시대의 대표적인 차인이었던 이규보(李奎報)의 〈사륜정기(四輪亭記)〉에 따르면 정자는 일찍부터 손님을 접대하고 학문을 토론하며 풍류가 벌어지는 공간이었다. 이런 누정의 건축과 활용은 조선시대에도 꾸준히 이어졌으며, 전국의 곳곳에 산재한 누정에서 차를 즐긴 유생들의 시도 여러 편이다. 누정은 전용 다실은 아니지만, 민간에서 공용 다실로 가장 많이 활용한 건축물이었다고 해도 과언이 아니다.

넷째, 민간 주택에서 행해진 차 의식도 있는데, 이 경우 안방, 대청, 사랑방 등이 이용되었다. 주로 손님 접대를 위한 차 의식이 많았으며, 혼자만의 차 의식이 진행되는 경우도 있었다. 오늘날 사람들이 생각하는 다실(茶室)과 가장 가까운 형태지만, 우리나라 전통 건축물의 경우 특정 용도를 위한 전용 시설이기보다는 다양한 용도를 고려한 다용도의 공간이어서 전용 다실의 개념과

는 다소 거리가 있다.

다섯째, 별서(別墅), 초당(草堂), 초막(草幕), 암자(庵子), 토굴(土窟) 등 특정 개인이 조용히 머물며 수행을 하거나 학문을 연마하기 위해 만들어진 공간에서의 차 의식이 있었다. 혼자서 지내기 위한 목적이 큰 공간인만큼 혼자만의 차 의식이 많았고, 소수의 방문자를 위한 접빈(接賓) 의식이 이루어지기도 했다. 정약용(丁若鏞)의 다산초당(茶山草堂), 초의(艸衣)스님의 일지암(一枝庵) 등이 대표적이다. 주택과도 다르고 정자와도 다른 이런 작은 건물들의 경우 일본 사출에 세워진 전용 다실 건물과 형태 면에서 가장 유사하다. 그러나 우리나라의 이런 건물들 역시 처음부터 전용 다실로 지어진 것은 아니었다.

마지막으로, 인위적인 건축물이나 시설물과 무관하게 자연 속에서 행한 차 의식도 있었다. 경치가 아름다운 곳을 중심으로 야외 찻자리가 펼쳐진 것이다. 물론 이런 자연적인 공간은 인위적으로 만들어지는 다실과는 한참 거리가 있지만, 훗날 생겨나는 우리나라 다실의 공간 연출에서 자연 요소는 가장 큰 비중을 차지하는 것이었다. 중국이 크고 화려한 다실을 추구하고, 일본이 인위적으로 축소된 형이상학적 공간으로서의 다실을 추구한 반면, 우리 조상들은 있는 그대로의 자연을 최대한 추구하는 경향을 보여주었던 것이다.

3. 우리나라의 다실 이야기

차는 신라 때 처음 한반도에 들어온 것으로 보이며, 통일신라시대에는 승려 및 화랑들이 중심이 되어 차를 마셨다. 사복(蛇福)이 원효(元曉)에게 차를 공양했다는 설화, 8세기의 보천(寶川)·효명(孝明) 두 왕자가 오대산에서 수도할 때 문수보살에게 차를 공양했다는 기록, 충담(忠談)스님이 매년 3월 3일과 9월 9일에 삼화령(三花嶺)의 미륵불에게 차를 공양했다는 기록, 경덕왕(景德王)이 승려 월명(月明)에게 차를 예물로 주었다는 기록, 진감국사(眞鑑國師)와 무염국사(無染國師) 등이 차를 마셨다는 기록 등이 전한다. 또 화랑이었던 사선(四仙, 永郎·述郎·安詳·南石)들이 경포대·한송정 등지에서 차를 마실 때 사용한 돌우물과 절구 등의 유물이 조선 초기까지 전해지고 있었다. 우물은 지금도 남아 있다.

고려 때 다실 등장

고려시대에는 음다 풍습이 전면적으로 확대되었고, 이에 따라 고려청자의 발달도 이루어졌다.

먼저 궁중에서는 차가 주과(酒果)와 더불어 가장 주요한 음식물 가운데 하나였고, 연등회나 팔관회 등의 국가적인 대제전이나 왕자·왕비 등의 책봉 때에는 진다의식(進茶儀式)이 행해졌다. 또 차가 외교상의 중요 예물로 사용되었다. 송나라에서는 고려에 용봉차(龍鳳茶) 등을 보냈고, 고려는 거란에 뇌원차(腦原茶)를 보내기도 했다. 국왕은 신하나 승려, 혹은 노인에게 차를 하사하기도 하였으며, 이처럼 궁중의 차에 관한 일이 많아지자 다방(茶房)이라는 전문 관청도 두었다.

귀족들 또한 차를 즐겼는데, 이들은 송나라 상인으로부터 비싼 중국차와 다기를 구입하고, 더러는 다실과 정원을 꾸미기도 하였다. 이 시대 문인들은 차를 주제로 한 시를 많이 남겼고, 차나 다구를 서로 선물하는 풍속이 있었다.

사찰에서도 음다 풍습이 크게 일어났으니, 대형 사찰의 경우 차를 만들어 바치는 전문 다촌(茶村)까지 두고 있었다. 차 끓이기를 서로 겨루는 명선(茗禪)이라는 풍속이 행해지기도 하였다. 이러한 음다의 유행은 고려의 정원(庭園)이나 다실 문화의 발전에도 영향을 주었다. 고려 말의 문인 이자현(李資玄, 1061~1125)이 선학(禪學)을 탐구하며 여생을 보냈던 청평산(淸平山)의 문수원(文殊院)에는 청평식암(淸平息庵)이라는 정원이 있었다. 이자현은 이곳에서 차를 마시며 참선에 몰두했다. 정안(鄭晏, ?~1251)은 명문 귀족 출신의 유명한 정치가였는데, 세속

의 영화에서 벗어나 숲 속의 계곡에 스님처럼 숨어 살며 그 거처를 일암(逸庵)이라 하고,
세심정(洗心亭)이라는 조그만 정자를 따로 지어 차를 끓여 마셨다.

이규보의 〈냉천정기〉 서문

고려의 문장가이자 차인이었던 이규보(李奎報, 1168~1241)
는 〈모정기(茅亭記)〉를 지은 바 있는데, 여기서 말하는 모
정(띠풀로 지붕을 한 집)은 당대의 권력자 최충헌(崔忠獻)
이 지은 작은 정자이자 다실을 말한다. 시끄러운 성내
에 있으면서도 구름 낀 산속의 정취를 느낄 수 있는 정
자였다고 한다. 이규보는 또 어떤 지인이 새 집을 짓
고 그 옆에 이어서 다실로 활용할 수 있는 정자를 지
은 것을 보고 〈냉천정기(冷泉亭記)〉를 지었는데, 그 서문
에서 이 정자에 대해 다음과 같이 자세히 설명하고 있
다. 조금 긴 인용문이지만, 우리 조상들의 자연관과 다실
의 미학적 요소 등에 대하여 가장 잘 표현한 글이라고 여
겨지므로 그대로 옮겨본다.

손군(孫君)이 성(城) 북쪽의 한 마을에 새 집을 지었다. 큰 바위가 있어서 높이가 두어 길
이나 되며, 형상은 쇠를 깎아 세운 듯이 험준하여 청사(廳事) 북쪽에서부터 동쪽 구석까
지 창창하게 둘러 있다. 그 아래에 차가운 샘이 철철 흘러내려 고여서 깊은 웅덩이를 이
루었는데 그 맑고 깨끗함이 실로 아낄 만하다. 청사 동쪽에 붙여서 작은 정자를 지었는
데 10여 명의 사람이 앉을 수 있다. 맑고 깨끗함이 산재(山齋)와 같으니, 이것은 편안하
게 노닐고 한가롭게 지내기 위한 곳이다.

내가 귀인(貴人)의 사는 곳을 많이 보았는데, 그들이 정원을 꾸미는 데는 반드시 굴곡
이 많고 우묵하게 패고 혹난 것처럼 울퉁불퉁하고 기이하게 생긴 돌들을 가져다가, 여
러 개를 쌓아서 산을 만들고 형산(衡山)과 곽산(霍山)의 기이한 모습을 본뜬 것이 진실
로 기묘하다. 그러나 그것은 조물주가 일찍이 개벽하여 놓은 높고 깊숙하고 기이하게 빼
어난 천연의 형상만은 못하다. 저들도 또한 거짓이 진실만 못한 것을 모르는 바 아니지
만, 부귀의 힘으로 모을 수 있는 것은 기이한 꽃, 이상한 나무, 진귀한 새, 기이한 짐승 같

은 것뿐이요, 암석의 높고 크며 위엄찬 것 같은 것은 권력으로는 오게 할 수 없는 것이다. 억지로 가져오려고 하면 마땅히 큰 끌과 잘 드는 칼을 사용하여 조각조각 자르고 한 장 한장 쪼개어 수레에 싣고 말로 끌어온 뒤라야 될 것이다. 구차히 이렇게 한다면 그것은 다만 깨어진 돌과 흩어진 자갈일 뿐이다. 설사 쌓아서 높게 한들 앞에서 말한 기괴한 돌을 여러 층 쌓아 산을 만든 것과 다름이 없다. 어찌 다시 높고 그윽하며 기이하게 빼어난 천연 그대로의 모습을 찾을 수 있겠는가?

이제 손군의 집은 그윽한 벽지로 서울에서 멀리 떨어진 곳에 있는 것도 아니고, 바로 서울 안 만인이 살고 있는 사이에 있다. 그런데도 거대한 바위의 기이하고 아름다움이 이와 같으니, 손군이 이를 가질 수 있다는 것은, 손군의 높은 회포와 뛰어난 생각이 실로 진세(塵世)의 밖에 초월하여 있으면서 한편으로는 공명(功名)에 얽매인 바 되었으나, 마음은 언제나 푸른 산과 흰 구름에 있는 까닭에 하늘이 이것을 선사하여 위로함이라 하겠다. 세상 사람들이 손군을 우러러보는 명망도 또한 여기에 근거한 것이다.

내가 주인에게 말하기를, "북쪽에 서 있는 바위는 진실로 알맞아서 가감할 필요가 없지만, 동쪽에 있는 것은 너무 가까이 있기 때문에 사람의 심정을 퍽 답답하게 하니 떼어서 3~4척 물린다면 매우 좋겠다" 하였더니, 주인도 또한 내 말대로 그렇게 여겼다. 그리고는 그 헌(軒)을 가리키면서 나에게 명명(命名)을 청하기에 내가 '냉천(冷泉)'이라 이름을 붙였더니, 어떤 손이 말하기를, "이 정자가 명승(名勝)이 된 것은 다 이 바위 때문인데, 도리어 한 잔쯤 되는 작은 샘을 가지고 이름을 붙이는 것은 마땅하지 않을 것 같다" 하므로, 내가 말하기를, "바위는 비록 기이하지만 사람에게 이바지하는 바가 적으며, 샘은 비록 얕더라도 능히 차가운 물이 젖과 같이 사람을 윤택하게 해줌이 원만하지 않은가? 이제 내가 그대와 더불어 차를 끓여 마시고 술을 걸러 잔질하는 것도 또한 샘의 베푸는 바가 아닌 것이 없으니, 어찌 샘을 저버릴 수 있겠는가?" 하니, 손이 부드러운 낯빛으로 크게 웃었다.

손군이 또 나에게 기(記)를 지으라고 청하였다. 아, 나와 나의 붓은 다 늙었다. 그러나 주인의 청을 거절하기 어려워서 본 바를 대충 적는다.

이밖에도 이규보는 자신이 여염집, 절간의 방장(方丈), 산실(山室), 모제(茅齊) 등에서 차를 마셨다고 기록하고 있다.

한편, 고려 말 조선 초의 이행(李行, 1352~1432)은 모옥(茅屋)을 짓고 살면서 차를 즐겼고, 성

석연(成石珚, ?~1414)은 동산에 조그만 집을 지어 위생당(衛生堂)이라 하고 차를 끓였다고 했다. 이처럼 고려시대의 정자는 모정(茅亭)이 많았고, 이는 차를 끓여 마시는 곳이기도 했다.

조선시대의 차와 다실

선불교와 상호 발전을 견인하던 음다의 풍습은 조선시대가 되고 불교 대신 유교가 숭상되면서 다소 쇠퇴하는 경향을 보이게 되었다. 그러나 이 시대에도 왕실에서는 각종 차 관련 의례가 여전히 행해졌고, 외국 사신을 맞이할 때의 다례도 유지되었으며, 사찰을 중심으로 음다의 전통도 이어졌다.

그러다가 임진왜한 전후 시기가 되자 음다 풍습과 차 의례가 크게 위축되었다. 명나라의 장수 양호(楊鎬)가 선조(宣祖)에게 "귀국에서는 왜 차를 마시지 않습니까?"라고 물었을 때, "우리 나라 습속에는 본래 차를 마시지 않는다"고 대답할 정도였다.

그나마 음다의 풍속이 유지되는 곳은 산중의 사찰이었다. 그러다가 19세기에 이르러서야 다시 한번 차가 성행하게 되었다. 이 시대에 대흥사의 혜장(惠藏)·초의(草衣)·범해(梵海) 등의 다승(茶僧)과 정약용(丁若鏞)·신위(申偉)·김정희(金正喜)·홍현주(洪顯周)·이상적(李尙迪) 등 차를 즐기는 문인들이 나타났다.

초의는 『동다송(東茶頌)』을 짓는 한편, 차를 재배하고 만드는 등 차문화의 중흥에 크게 이바지했다. 다도(茶道)라는 용어가 구체적으로 나타난 것도 이 무렵이었다. 정약용은 강진에서 18년 동안 유배생활을 하면서 차를 즐겨 〈걸명소(乞茗疏)〉 등의 시를 남겼고, 강진을 떠나면서는 그의 제자들과 함께 다신계(茶信契)를 조직하기도 하였다.

이 당시의 차인들도 차 정원과 다실을 꾸며 놓고 있는 경우가 적지 않았다. 신위는 지방관으로 있을 때 한보정(閑步亭)이라는 정자를 지어 차를 끓이는 곳으로 삼았다. 관아의 협문을 지나 좁은 길을 걸어 바위 아래 이르면 시원하고 깨끗한 옹달샘이 있어서 그 곁에 조그만 정자를 세웠다고 했다. 이 다정(茶亭)을 〈한보정〉이라는 시로 읊기도 했다.

　　수레 멈추고 천천히 걸어가면
　　갓처럼 생긴 작은 정자 하나 있으니
　　시를 쓰려고 바위 골라 벼루 놓고
　　샘물 길어 찻잔에 붓는다네

정약용은 강진의 다산초당(茶山艸堂)에서 정원을 꾸미고 차를 마시면서 10여년 세월을 저술에 몰두하였다. 정약용이나 초의 등과 교유했던 황상(黃裳)은 백적산(白磧山) 가야곡(伽倻谷)의 높은 언덕에 일속산방(一粟山房)을 지었는데, 돌샘이 있는 차 정원 겸 다옥(茶屋)이었다. 김정희는 그의 다실을 죽로지실(竹爐之室)이라고 하였다.

초의가 오랜 세월을 묻혀 살며 차생활을 즐겼던 두륜산의 일지암(一枝庵) 또한 유명한 차 정원이었다. 두륜산 꼭대기, 소나무와 대나무가 무성한 곳에 지은 일지암은 두 칸 정도의 초가였다. 뜰에 가득 꽃을 심고 뜰 복판에는 연못이 있는, 아름다운 차 정원이 일지암이었다. 거기서 초의는 달과 구름을 벗삼아 차를 마시며 해탈을 꿈꾸었다.

4. 일본과 중국의 다실 이야기

육우가 활동하던 당(唐)나라 시기부터 중국에서는 차의 대중화와 상업화가 이루어졌다. 이런 차의 대중화와 상업화가 절정에 달한 것은 송나라 때(960~1279)였다. 송나라는 이전의 왕조들과 달리 문화정치를 펼쳤는데, 이로써 학문과 문화 및 예술이 크게 발달하고 차문화 역시 최고의 전성기를 맞이하게 되었다.

송대의 차문화와 다관의 발전

남북조시대를 마감하고 중국을 통일한 수(隋)나라 때는 문제(文帝)가 그를 괴롭힌 두통을 차를 마셔서 해결했다고 한다. 당(唐)나라 때는 차 마시는 습관이 장안(長安)의 일반인들에게까지 퍼지게 되었다. 이 무렵의 차는 녹차로 만든 고형차(固形茶)가 위주였다. 찻잎을 따서 찐 다음 쌀과 함께 절구에 넣고 빻아 빈대떡 모양으로 굳힌 병차(餠茶)를 만들었고, 이를 마실 때에는 맷돌에 넣고 갈아 가루로 만들어 따뜻한 물에 타서 마셨다. 육우가 『다경』을 통해 차 마시는 옳은 법도를 논한 8세기 중엽, 중국의 다도(茶道)는 하나의 체계를 갖추게 되었다.

당나라 시대의 다기(茶器)로는 다완(茶碗, 말차를 마시는 그릇)이 주로 쓰였지만 급수(急須, 茶壺와 비슷한 용도의 다기)나 다탁(茶托)도 등장하였다. 육우는 월주요(越州窯)의 다완을 최고로 쳤다.

차에 대한 세금도 당나라 때부터 생겼다. 당나라는 차값의 10%를 세금으로 거두었는데, 점차 이 비율이 높아지고 부패한 관리들이 추가 징수를 하게 되면서 차의 밀거래도 늘었다. 송대(宋代)가 되자 상업도시가 번성하면서 음다 생활은 서민 계층으로까지 확산되었다. 당시 고려나 일본에 비해 송나라의 상업은 크게 발전하고 있었는데, 차의 경우에도 예외가 아니었다. 차 겨루기를 주제로 한 점다도(點茶道)나 투다(鬪茶)가 유행하였고, 상업문화로 다관(茶館)이 번성하였으며, 차 문학과 예술도 크게 발전하였다. 이렇게 번성한 차문화는 당시의 고려와 일본에도 큰 영향을 끼쳤음은 물론이다.

송나라 시기 차문화의 가장 큰 특징은 황제에서 서민에 이르기까지 음다 풍습이 정착되었다는 것이다. 지리적·계층적 구분을 탈피하여 전국민이 소금이나 쌀처럼 차를 필수품으로 대하게 되었던 것이다. 나아가 차 세금, 차 전매제도, 사차(賜茶)제도, 공차(貢茶)제도의 정착과 어차원(御茶園)의 확대 등이 이 시대 차문화의 특징을 이룬다.

사대부 층에서 차를 즐기게 되면서 손님을 접대할 때도 술 대신 차를 이용하게 되었고, 이는 음다 풍습의 확대를 넘어 그 사회의 예속(禮俗)을 변화시키는 계기가 되었다.

차의 상업화로 전국 도시 곳곳에 다방(茶坊)들이 출현하여 문화적 공간과 교류의 장 역할을 담당하게 되었으며, 다담부포(茶擔浮鋪)라는 이동식 찻집까지 등장하였다.

이어 중국을 원(元)이 지배하게 되면서 차 마시는 습관은 북방의 유목민족들에게도 전파되었다. 그들은 차에 버터나 밀크를 타서 마시곤 하였다.

일본다도의 형성과 다실의 확립

일본에서 차가 본격적으로 전파된 것은 무로마치(室町) 시대(1338~1573) 선종의 승려들에 의해서였다. 정신 수양과 약용으로 마시기 시작한 선종의 차를 다도(茶道)의 경지로 끌어올린 인물은 무라타 주코(村田珠光)였다. 일본다도의 시조로 불리는 인물이며, 차선일미(茶禪一味)의 경지를 주장하였다. 작은 다실에서의 마음 수양을 중시한 다케노 조오(武野紹鷗)에 이르러 일기일회(一期一會 : 차 모임의 주인과 손님의 마음가짐으로, 주인은 손님에 대해 손님은 주인에 대해 일생에 한 번밖에 만날 수 없다는 생각으로 성의를 다하는 것)의 다도 윤리가 생겨났다.

다케노 조오의 제자로 나중에 오다 노부나가(織田信長)와 도요토미 히데요시(豐臣秀吉)의 다도를 관장하는 책임자가 된 센노리큐(千利休, 1522~1591)에 이르러 각지의 다도 예술을 통합한 일본다도가 완성되었다. 센노리큐는 다도에서의 구도 정신을 추구하여 와비차(侘び茶)를 완성했고, 이를 위해 종래의 다실 크기를 절반 이하로 줄인 다실을 창안하고, 조선의 투박한 다기를 와비차에 어울리는 차 도구로 받아들였다.

차를 도(道)의 경지로 승화시키는 과정에서 일본의 차인들은 차의 정신적 측면뿐만 아니라 음다와 관련되는 일체의 사물과 과정들을 정교하고 세련되게 가다듬었다. 이를 가장 극명하게 보여주는 인물이 일본다도의 완성자로 불리는 센노리큐다.

센노리큐 이전에는 일본에서도 중국이나 한국과 마찬가지로 일반 건물의 일부를 다실로 활용했다. 별도의 건물을 세우지 않은 것이다. 도요토미 히데요시의 이동식 황금차실이 그런 예이고, 한동안은 서원(書院)의 너른 방 일부를 병풍으로 막아 다실로 활용했다. 하지만 센노리큐 이후에는 별도의 다옥을 짓고 이를 다실로 이용하게 되었으며, 다실의 건축과 장식에는 다도 정신을 기초로 한 각종 규범들이 생겨나게 되었다.

일본의 전통 다실은 우선 한 칸짜리 작은 초가집이라고 할 수 있다. 오직 다회만을 위해 지어진 집이며, 그 안의 장식은 일체의 호화로움을 배격하고 최소한의 심미적 욕구를 만족시키는 수준에 그친다. 단순하고 소박하며 간단함을 원리로 삼아 건축되며, 이런 건축의 양식과 이상(理想)은 다실을 넘어 일본 건축물 일반으로 확장되어 독특한 일본풍의 건축 양식을 낳게 되었다.

일본의 전통 다실은 크게 네 부분으로 구성된다. 우선 차인들이 앉아 차를 마시는 다실은 다섯 사람 정도가 앉을 수 있는 크기다. 여기에 다구를 씻는 공간이 있고, 초대된 손님이 기다리는 공간이 있으며, 기다리던 손님이 다실에 입장하기 위해 걷는 길이 있다. 이 길을 로지(露地)라 하는데, 일종의 다실 정원(庭園) 역할을 겸한다.

일본 전통 다실의 구조에서 특히 눈길을 끄는 것은 로지와 실내 장식이다. 로지는 자연친화적인 정원을 지향하면서 손님들이 별세계로 들어선다는 감정을 느낄 수 있도록 구성하는 것이 보통이다. 속세와의 인연을 끊고 오로지 다실에서 이루어질 차회에만 집중토록 하는 것이다. 이 로지를 지나 다실에 이르면 허리를 굽히고 나서야 들어갈 수 있는 작은 문이 나온다. 누구나 겸손한 자세로 다실에 들어가도록 유도하는 것이고, 다실 안에 지나치게 많은 햇빛이 들지 않도록 문을 작게 만든 것이다. 무사들은 이 문에 들어서기 전에 칼을 풀어 정해진 자리에 걸어두어야 한다. 평화와 화합을 최고의 덕으로 삼는 차회에 무기는 동참할 수 없기 때문이다.

실내에는 문 외에 작은 창이 있는데, 역시 지나친 빛과 소음의 투과를 막기 위해 최대한 작은 크기의 창을 만드는 것이다. 실내의 한쪽에는 도코노마(床の間)라는 장식용 선반이 설치되어 있으며, 다회가 열릴 때는 여기에 다화를 꽂거나 기타 감상하기 적당한 물건들을 올려 놓는다. 또 다회의 엄숙한 분위기나 계절 감각을 살린 서화 작품을 걸기도 한다. 실내의 중앙에는 물을 끓이기 위한 화로가 설치되어 있고, 그 위에 솥이 올려져 있다. 이 화로 주변에서 손님과 주인은 최대한 예의를 갖추면서 차회를 진행하게 된다.

5. 다방에 스타벅스까지

차의 중요한 특징 중 하나는 이것이 대화의 자리에 가장 어울리는 음료라는 점이다. 차는 초기부터 손님 접대를 위한 최상의 음료로 취급되었으며, 크게는 타국에서 온 사신을 위한 차 의식이 국가 행사의 차원에서 이루어졌고, 작게는 사랑방과 안방에서 각각 바깥주인과 안주인이 손님들을 맞아 담소를 나누며 차를 마셨다. 그런데 상업이 발달하고 차 역시 상품의 한 가지로 인식되면서 차를 판매하는 전문 상점들도 나타나게 되었다.

중국의 다관과 다예

중국은 당나라 때부터 손님들에게 자리를 마련해주고 차를 마실 수 있도록 하는 다관(茶館)이 등장하였으며, 송나라 이후에는 이것이 전국적으로 퍼져나갔다. 중국인들은 이 다관에 모여 차 내는 기술을 겨루는 투다(鬪茶) 등을 행했으며, 나중에는 공연예술을 선보이게 되었다. 말하자면 쇼(show)가 공연되는 극장식 찻집으로 발전한 것이며, 이러한 전통은 현대에 다시 부활하여 다관마다 차와 관련된 각종 기예와 공연을 선보이게 되었다. 이런 차 관련 기예를 중국에서는 다예(茶藝)라 하고, 자격증을 갖춘 전문 다예사들이 출연한다.

중국은 차의 종주국답게 차와 관련된 문화 및 예술이 매우 다양하게 발달하였으며, 소수민족의 차문화나 각종 명차 관련 전설들이 예술의 옷을 입고 다예라는 이름으로 공연되고 있다. 차 외의 요소도 그렇지만 중국인들은 크고 화려한 것을 좋아하기 때문에 다관 역시 거대한 규모를 자랑하는 경우가 적지 않다. 다예 등의 공연을 위해서도 대규모 다관의 존재는 반드시 필요하다.

다점에서 다방으로

우리나라의 경우 통일신라시대에 이미 다연원(茶淵院)이
라는 이름의 차 마시는 장소가 있었다. 고려 때에도 일
반인들이 돈을 내고 차를 사서 마실 수 있는 찻집으로
서의 다점(茶店)이 존재했다. 하지만 중국의 다관처럼 상
업적으로 크게 성행하지는 못하였으며, 조선시대 이후
에는 그 맥이 끊겼다. 고려시대에는 다방(茶房)이라는 것
도 있었는데, 이는 궁중에서 차와 관련된 의식을 맡아보
던 관청의 이름이어서 오늘날의 찻집 개념과는 다소 거리가 있다.

구한말이 되자 개화의 물결을 타고 커피와 홍차 등이 국내에 소개되었는데, 당시 커피
는 가배차·가비차(加比茶) 또는 양탕(洋湯)이라고 불렸다. 이와 더불어 홍차도 소개되었으며,
커피와 홍차는 물론 다양한 음료들을 판매하는 현대식 찻집이 생겨나게 되었다. 커피가 주
류를 이루었음에도 이 찻집의 이름은 과거의 전통에 따라 다방으로 명명되었다.

그런 현대식 다방의 원조는 개항 직후 외국인에 의하여 인천에 세워진 대불호텔과 슈트워
드호텔의 부속다방이다. 이어 1902년에는 손탁(孫澤, Antoinette Sontag) 여사가 정동에 손탁호
텔을 열고 역시 부속 다방을 설치하였다. 이것이 서울에 설치된 최초의 호텔식 티룸이었다.
일제 강점기에는 일본인들이 서울 명동의 진고개에 속칭 끽다점(喫茶店)을 열고 커피를 팔았
으며, 1914년에는 조선호텔과 부속다방이 지어져 일제강점기 내내 최고급 호텔 겸 레스토
랑의 역할을 담당했다.

호텔 부속다방이 아니라 독립된 찻집이 생겨나기 시작한 것은 1920년대 이후의 일로, 명
동의 후타미(二見)는 식사를 팔지 않고 오로지 커피와 음료만 파는 최초의 근대적 티룸이었
다. 이어 우리나라 사람 이경손(李慶孫)이 1927년에 관훈동 입구에 '카카듀'라는 다방을 열
었다. 그는 우리나라 최초의 영화감독이기도 했으며, 찻집에서 직접 차를 끓여 손님들에
게 제공했다. 우리나라 사람에 의한 최초의 다방이라고 할 수 있다.

요절한 천재 시인 이상(李箱)도 다방 사업에 많이 관여하였는데, '식스나인(6·9)', '제비',
'쓰루(鶴)', '무기(麥)' 등의 다방이 그의 손을 거쳐갔다. 이상이 활동하던 1930년대에는 문
화예술인들이 다방 사업에 적극 뛰어들었고, 각자 특색을 살린 다방들이 종로·충무로·명
동·소공동 등에 우후죽순 생겨나면서 다방문화를 꽃피웠다. 하지만 1940년대에는 태평양
전쟁이 일어나면서 다방문화도 사그라들게 되었다.

6.25 전쟁 이후에는 다방의 상업화가 급속히 진행되었고, 특별히 문화공간을 찾을 수 없는 상황에서 다방이 다양한 공연예술의 장이 되기도 하였다. 전시회·문학이나 영화 관련 행사·출판기념회·송별회·동창회·강습회까지 다방에서 열렸다.

1960년대 이후 다방은 그 전과 달리 지식인 계층의 남자 주인 대신 여자 주인이 얼굴마담과 레지·카운터·주방장 등을 데리고 경영하는 체제로 변모하였으며, 이전보다 규모가 커졌다.

1970년에는 동서식품에서 인스턴트 커피가 선보였고, 다방은 점점 고급화되고 전문화되는 방향으로 바뀌었다. 젊은층 위주의 DJ가 있는 음악 다방이 꽃을 피운 것도 이때부터다.

1980년대에는 분위기 좋은 실내장식을 갖춘 다방이 인기를 끌었고, 난다랑(蘭茶廊)을 필두로 체인점 형태의 다방도 등장하였다. 야간 통행금지가 폐지되자 심야다방이 대도시에 많이 나타났다. 하지만 1990년대 이후에는 커피전문점이 많아지면서 기존의 다방은 쇠퇴하게 되었다.

우리나라에서 다방이 가장 많은 때는 1992년으로, 약 4만 5,000여 개의 다방이 있었다. 그러던 것이 IMF 사태로 9,000개 수준까지 줄어들었고, 이후 회복되지 못하였다. 대신 커피전문점들이 폭발적으로 늘어났으며, 2017년에 9만 개를 넘어섰다.

영국의 홍차 문화

아시아 전역으로 전파된 차는 마침내 16세기에 이르러 유럽에까지 전해졌다. 유럽 사람들에게 중국차를 처음 소개한 인물은 베네치아의 저술가인 G. 라무시오(Giovanni Battista Ramusio, 1487~1557)였다. 그의 사후(1559)에 출간된 책에서 라무시오는 '중국에서는 나라 안 도처에서 차를 마신다. 열병, 두통, 관절의 통증에 효과가 있다. 통풍은 차로 치료할 수 있는 병 가운데 하나다. 과식했을 때에도 이 달인 물을 마시면 소화가 된다'고 적었다.

이탈리아의 수도사 마테오 리치(Matteo Ricci, 1552~1610)는 서간(書簡)에서 중국차와 일본차의 차이를 설명하기도 했는데, 그에 따르면 '일본인은 찻잎을 가루 내어 2~3스푼 넣고 뜨거운 물을 부은 후 휘저어 마시는 반면, 중국인은 찻잎을 뜨거운 물이 든 항아리에 넣어 우려낸 후 그 물을 마시고 찻잎은 남긴다'고 했다.

이렇게 서양에 알려지기 시작한 차는 1609년 이후 본격적으로 유럽에 전파되기 시작했다. 네덜란드와 영국 두 나라의 동인도회사가 동양의 차를 유럽 각국으로 운반하는 한편, 동남 아시아에서의 차 재배도 시작했다. 이후 영국은 홍차 문화의 발상지가 되었고 으뜸가는 차 의 소비국이 되었다.

1662년 영국의 찰스 2세에게 포르투갈의 캐서린 브라간자(Catherine de Braganza) 공주가 시 집을 오면서 차를 즐기는 영국인들의 숫자는 더욱 늘 어났다. 또 18세기 중반의 산업혁명을 거치면서 중 산층이 차를 즐기게 되자 영국은 최대의 차 수입국 이자 소비국이 된다. 18세기 중엽에서 19세기 사이 에는 홍차 문화가 중류 사회로 확산되었으며, 19세 기 후반에는 서민 사회에까지 확장되어 이른바 영국 의 국민 음료 입지를 확연히 굳혔다. 애프터눈 티 문 화가 나타난 것도 이 무렵이다.

애프터눈 티(afternoon tea)는 제7대 베드포드 공작부 인(7th Duchess of Bedford)인 애나 마리아 스턴홉(Anna Maria Stanhope, 1788~1861)에 의해 시작 되었다. 당시 영국에서는 아침은 푸짐하게 먹고 점심은 간단하게 때웠으며 저녁 식사 시 간은 오후 8시였다. 당연히 오후 시간이면 배가 고파질 수밖에 없었다. 어느 날 오후 5시 에 베드포드 공작부인은 '축 가라앉는 기분(sinking feeling)'이 든다며 하녀에게 차를 포함 한 다과를 준비시켰다. 부인은 오후에 마시는 차가 기분 전환에 도움이 된다는 것을 알 게 되었고, 다과회에 친구들을 초대하기 시작했다. 이러한 모임은 런던 전역으로 퍼져 나 가기 시작했고 이것이 애프터눈 티의 출발점이 되었다. 애프터눈 티는 홍차와 우유, 샌드 위치, 스콘, 클로티드 크림(clotted cream, 저온살균 처리를 거치지 않은 우유를 가열하면서 얻어진 노란색의 뻑 뻑한 크림), 잼, 케이크, 비스킷, 타르트, 초콜릿 등으로 구성된다. 간편하게 즐길 수 있는 핑 거 푸드(finger food)가 티 푸드(tea food)의 대부분을 차지한다.

커피하우스에서 티룸까지

런던의 커피하우스(coffee house)는 1650년대 처음 등장했는데, 1700년이 되자 이미 수 천 개의 커피하우스가 생길 정도로 처음부터 큰 인기를 끌었다. 커피 외에 홍차가 주로 팔

렸으며, 초기의 커피하우스는 모든 계층의 남성들에게 개방된 신사클럽(Gentlemen's club)이자 일종의 토론장이요 정보 교류의 장이었다. 언론인, 과학자, 경제인, 작가, 예술인 들이 커피하우스에 모여 차를 마시며 저마다의 관심사를 논하고 유용한 정보들을 얻어갔다. 커피하우스를 근거지로 신문사를 운영할 수 있을 정도로 당시의 커피하우스는 지식인 남성들의 전용 공간이자 최신 뉴스의 근원지였다. 얼마 지나지 않아 커피하우스는 여성들에게도 개방되었다.

커피하우스의 인기가 다소 시들해지자 티가든(tea garden)이 여기저기 생겨나 다시 차와 예술을 사랑하는 사람들의 발길을 끌어모았다. 티가든은 아름답게 가꾸어진 정원에서 멋진 연주와 함께 차를 마실 수 있는 곳이어서 계층과 남녀노소를 불문하고 많은 사람들이 찾는 명소가 되었다.

이렇게 사람들이 가까운 교외의 티가든으로 몰려가자 도심에 있던 값싼 커피하우스들은 새로운 반전을 기획하게 된다. 이때 나타난 것이 고급스런 분위기와 애프터눈 티 메뉴로 무장한 티룸(tea room)이다. 제과 체인점인 ABC(Aerated Bread Co.)가 최초의 티룸을 개설했는데, 안락하고 단순하며 소박한 분위기의 이 티룸은 얼마 지나지 않아 전국에 지점을 개설할 정도로 인기를 끌었다. 그러자 유사한 티룸들, 특히 ABC보다 더 화려하고 고급스런 장식과 분위기를 제공하는 티룸들이 생겨났다. 티룸은 당시 여성들에게 단조로운 일상에서 벗어나 우아하게 휴식을 취할 수 있는 최고의 공간으로 받아들여졌다.

이후 티룸은 발전을 지속하여 현재 런던의 주요 호텔들치고 티룸이 없거나 애프터눈 티 메뉴를 판매하지 않는 곳이 없을 정도다. 아니 고급 호텔들의 애프터눈 티 메뉴 자체가 런던 관광의 최고 히트 상품이 되고 있다.

6. 다실 공간 구성의 기본 원칙들

오늘날 다실 혹은 티룸은 크게 상업적인 공간과 비상업적인 공간으로 구분할 수 있다. 상업적인 다실의 경우 중국의 다관이나 영국 스타일의 홍차 티룸이 대표적이다. 한국과 일본의 전통찻집들 역시 나름의 역사와 문화를 살린 상업적 다실로 운영되고 있다. 이런 상업적 다실의 경우 그 위치에 제한이 많고, 상업성을 배제하고 공간을 디자인하기 어렵다는 한계가 있다. 따라서 그 공간 구성의 원리나 원칙 등이 개인의 다실과는 다를 수밖에 없다. 여기서는 요즈음 차인들의 관심사 가운데 하나인 개인다실의 미학과 구성 원리를 중심으로 논의를 전개하고자 한다. 상업적 다실이나 티룸의 경우 이를 참조할 수는 있겠으나 현실에서는 적용하기 어려운 경우가 많을 것으로 여겨진다.

정원을 활용한 임시 다실의 구성

동양 3국의 차인들은 아주 오랜 옛날부터 자연과의 동화(同化)나 친화(親和)를 추구해왔다. 명예나 부귀를 추구하는 대신 청산(靑山)과 백운(白雲)처럼 자유로우면서도 우주의 섭리에 순응하는 삶을 살고자 했던 것이다. 그러니 차인들이 경치 좋고 조용한 산이나 들에서 차를 즐기는 것은 너무나 당연했다. 하지만 전통 다실과 정원의 구성 원리를 살펴보면 한중일 3국 차인들의 자연을 대하는 태도는 유사하면서도 저마다 개성을 지니고 있음을 알 수 있다.

먼저 중국의 경우 크고 높고 광활한 것을 좋아하고, 자연적이지만 기이한 풍광을 즐기는 취향이 강하다. 중국의 정통 정원인 원림(園林)은 초대형 호수를 배경으로 엄청나게 큰 규모를 자랑하는 경우가 많다. 이국적인 꽃과 나무는 물론 괴석도 빠지지 않는다. 고려의 차인 이규보는 일찍이 '그들이 정원을 꾸밀 때는 반드시 굴곡이 많고 우묵하게 패고 혹난 것처럼 울퉁불퉁하고 기이하게 생긴 돌들을 가져다가, 여러 개를 쌓아서 산을 만들고 형산(衡山)과 곽산(霍山)의 기이한 모습을 본뜬다'고 하였는데, 이것은 다분히 중국적인 심미의식을 말하는 것이다. 따라서 이런 환경에서 야외 찻자리를 꾸밀 경우에는 참여자들이 주변의 광활하고 기이한 풍광에 지나치게 마음을 빼앗길 염려가 있다. 소수의 사람들이 모여 고담준론을 펼치며 차를 즐기기에는 적절치 않으며, 관광과 여흥의 흥취를 돋우기 위한 찻자리가 더 적합할 수 있다.

일본의 경우 그 전통다실의 구성에서 드러나듯, 이들이 원하는 자연은 다분히 인위적으로 재배치된 자연이다. 일본의 전통 정원에서 이런 경향은 특히 강한데, 한 마디로 있는 그대로의 자연이 아니라 자연의 상징물을 인위적으로 구획하고 정비하여 감상하는 것을 즐긴다. 전통 다실의 로지나 다실 내부 역시 가장 자연적인 것을 추구한다지만 역시 인공의 손길이 더해진 자연이다. 일본의 차인들은 이처럼 원형 그대로가 아니라 형이상학적으로 재해석되고 인위적으로 재구성된 자연을 통해 스스로 정신의 압박을 추구하고, 그 과정에서 깨달음의 경지를 추구해왔다. 그래서 다실은 최대한 좁게 만들고 햇빛조차 충분히 들어오지 않게 만드는 것이다. 이것은 일면 토굴에서 면벽 수행을 하는 고행승들의 구도 행각과도 상통한다. 하지만 일본다도의 이런 정신은 원형 그대로의 자연 속에서는 구현되기가 어렵다. 인위적으로 정비되지 않은 자연 속에서 일본 전통 방식의 차 의식을 진행하기는 어렵다는 말이다.

한국의 경우 오래 전부터 있는 그대로의 자연에 최상의 가치를 두었다. 조물주가 만들어둔 그대로의 산과 강, 계곡과 물길을 그대로 살려 정원을 꾸몄고, 그런 자연 속에서 차를 즐겼다. 다만 풍광이 아름답고 지극히 조용하여 속세를 벗어난 느낌을 주는 장소를 물색하기 위해 애를 썼을 뿐이다. 한국의 차인들은 인위를 최소화한 자연 속에서 차를 즐기는 것을 최상의 행복으로 삼았다. 그래서인지 중국이나 일본의 차인들에 비해 한국의 차인들이 들차회를 많이 한다.

야외의 정원을 이용한 차회는 유럽에도 있었다. 그런데 유럽의 전통 정원 조성 원리는 사실 차인들이 지향하는 자연과의 합일과는 거리가 있다. 유럽의 정원들은 드러내놓고 인공적인 재창조를 통해 만들어지는 것이 보통이다. 일정한 구획이 있고, 그 안에 나무며 꽃이며 잔디를 네모나 삼각형이나 원의 형태로 조성한다. 이런 기하학적 정원 조성이 유럽인들의 취향에 맞는 것이다. 물론 영국은 예외적인 경우다. 소위 영국의 자연정원은 티가든의 장소가 되어 많은 영국인들에게 찻자리의 즐거움과 아름다움을 만끽하게 해주었는데, 이는 영

국이 유럽의 전통이 아니라 동양의 전통을 받아들여 예외적인 문화를 창조했기 때문이다. 그렇다고 유럽식 정원에서 찻자리를 구성하는 것이 불가능한 것은 아니다. 말차나 우리 전통 녹차를 즐기는 찻자리라면 어울리지 않겠지만, 밝고 유쾌함을 위주로 하는 홍차 티파티의 장소로는 얼마든지 활용할 수 있다.

조성 목적에 따른 다실의 기본 구상

차인들에게 개인다실은 버릴 수 없는 꿈 가운데 하나다. 하지만 개인다실은 누구나 가질 수 있는 것이 아니며, 모두에게 꼭 필요한 것도 아니다. 개인 다실을 짓거나 꾸미기에 앞서 우선 다실이 필요한 이유와 목적을 분명히 해둘 필요가 있다. 이유와 목적이 분명치 않으면 다실을 만들어놓고도 사용하지 않거나, 이런저런 찻자리가 뒤죽박죽 열려 주방의 식탁과 하등 다를 게 없는 다실이 될 수도 있다.

차인들에게 개인다실이 필요한 목적은 크게 세 가지로 나누어서 생각해볼 수 있다. 하나는 혼자만의 전용 다실이 필요한 경우다. 승려들이 멀쩡한 절집을 떠나 혼자 산속에 들어가 토굴을 짓고 수행하는 것과 같은 경우로, 매우 특별한 차인이 아니라면 이런 이유로 개인다실을 만들 필요는 없을 것이다.

둘째는 가족들의 모임이나 손님 접대를 위한 전용 공간이 필요한 경우이다. 아마도 많은 차인들이 이런 이유로 전용다실을 가지고 싶어할 것이다. 전원에 살고 별도의 땅이 있는 경우라면 별채로서의 다옥을 구상할 수 있고, 아파트의 경우라면 빈 방을 다실로 꾸미는 것도 가능하다. 하지만 모임의 횟수나 참석할 인원의 규모를 먼저 따져봐야 한다. 현대인 대다수는 충분한 실내 공간을 확보하지 못하는 경우가 많은데, 쓰임이 많지 않은데도 전용다실을 고집하는 것은 욕심일 수 있다. 또 가족이 많거나 모임을 가질 다우들의 숫자가 많다면 좁은 다실은 활용도가 매우 낮다.

마지막으로 자라나는 후배들의 교육을 위해 전용 다실을 꾸밀 수 있다. 그런데 이 경우는 어떤 차를 어떻게, 얼마나 자주 가르칠 것인가에 따라 교육장으로서의 다실 규모나 구성 방식이 달라지게 된다. 또 이런 다실들은 엄밀한 의미의 전용다실이라기보다는 교육장으로서의 의미가 크기 때문에 개인을 위한 다실의 구성 원리가 그대로 적용되기 어렵다는 문제도 있다.

한국식 전통 다실의 구성

우리나라에서 만들어볼 수 있는 개인다실은 크게 네 가지 정도로 구분할 수 있겠다.

첫째는 우리 전통차를 소수의 가족이나 다우들과 즐길 수 있는 공간으로서의 다실이다. 이 경우 다실의 크기는 3~4평이면 족하고, 크다고 해도 10평을 넘기지 않는 것이 좋다. 다실은 작더라도 최대한 비워두어야 텅 빈 충만을 느낄 수 있는데, 너무 크면 참여자들이 찻자리에 집중하기 어렵고, 꼭 필요하지도 않은 물건들을 자꾸만 들여놓게 되는 폐단이 생긴다. 또 혼자서 고독과 명상을 즐기고 싶을 때도 너무 넓은 찻자리는 정신을 산만하게 할 뿐이다.

다탁은 방의 크기에 맞추어 적당한 것을 준비하고, 다구들을 갈무리해 넣을 수 있는 장도 필요하다. 다실에 진열장을 비치하여 화려하고 아름다운 다구들을 잔뜩 진열하는 경우도 있는데, 청빈과 무소유를 지향하는 차인이라면 굳이 그럴 필요가 없다. 오히려 그날그날 꼭 필요한 다구만 꺼내서 사용하고, 쓰지 않는 다구들은 보이지 않게 갈무리해 두는 편이 낫다.

기본적인 다구를 비치하는 외에 전통적인 분위기를 낼 수 있는 문방사우 등을 장식할 수 있고, 찻자리가 펼쳐질 때에는 소박하고 자연스런 꽃도 조금 꽂아둔다. 조명은 지나치게 밝을 필요가 없으며, 조건이 허락된다면 창을 통해 외부의 빛과 풍경이 다실 안으로 들어올 수 있도록 한다.

장판이나 벽지는 최대한 소박하고 깨끗한 분위기를 낼 수 있는 것으로 하고, 문양이 지나치게 화려하지 않은 돗자리와 방석 등을 준비해둔다. 전통 찻자리를 빛내줄 병풍이 있다면 또한 활용한다. 손님들의 외투나 가방 등은 가급적 다실 안으로 들이지 말고 거실 등에 두도록 한다.

일본 전통 다실의 구성

국내에서 일본식 전통 다실을 만들기는 쉽지 않다. 아파트에서는 더더욱 그렇다. 실내 분위기를 최대한 일본 다실에 가깝게 만든다고 하더라도, 야외 정원으로서의 로지와 기타 부대 공간이 없는 상황에서는 일본 전통 다실을 재현하기가 불가능하다. 결국 별도의 부지에 다실과 정원을 조성해야 한다는 얘기가 된다. 땅이 있다고 다실이나 정원을 조성할 수 있는 것도 아니다. 일본 다실의 경우 초가에 흙벽, 휘어진 서까래와 기둥 등 지극히 자연적이고 친근한 소재를 사용하는 것이 특징이다. 하지만 이런 소재 자체가 오늘날 구하기 어렵고 가격도 엄청나게 비싸다. 한 마디로 휘어진 서까래라고 해서 아무 나무나 주워다가 다실을 지을 수는 없다는 말이고, 일본다도가 추구하는 고도의 형식미를 생각할 때 최고급 소나무를 반듯하게 잘라서 사용하는 것보다 훨씬 많은 비용이 든다. 실제로 일본 현지에서도 전통 방식에 충실한 다실을 새로 지을 경우 어지간한 주택을 짓는 것보다 훨씬 많은 비용이 든다고 한다. 하물며 한국에서는 말할 것도 없다. 게다가 일본 전통 방식의 로지를 만들기란 국내에서는 거의 불가능하다고 해도 과언이 아니다. 어찌어찌 조성했다고 하더라도, 이의 관리에만 하루 종일 매달리게 될 수 있다. 차인이 다실을 활용하는 것이 아니라 다실을 모시고 살아야 하는 셈이다.

따라서 국내에서 일본 다실을 만든다는 것은 다실의 실내 분위기를 최대한 일본의 그것에 가깝게 꾸미는 수준에 만족해야 한다. 이 경우 다실의 크기는 서너 명이 앉을 수 있는 정도로 하고, 바닥에는 다다미를 깔고 도코노마를 설치한다. 정원에 별도로 설치하는 다실이 아니므로 출입문이나 창호 등에서도 일본의 전통 방식을 그대로 재현하는 데에는 한계가 있다. 튀지 않는 벽지를 사용하고, 조명은 다소 어두운 자연광 느낌을 낼 수 있게 조절한다. 당일 사용하는 것이 아닌 다구 등은 모두 별도의 장소에 보관하며, 일본다도의 규칙에서 정해지지 않은 장식적 요소는 일체 두지 않는다.

중국식 다실의 구성

중국은 좌식이 아닌 입식 문화이기 때문에 다실도 입식으로 꾸미는 것이 원칙이다. 서너 명의 손님이 앉을 수 있는 테이블과 의자를 준비하고, 필요한 다구들을 비치한다. 중국 전통 다실의 분위기를 내기 위해서는 일정한 장식이 필요한데, 가구와 벽지 등을 비롯하여 다양한 인테리어 기법들을 활용할 수 있다. 등과 창문 역시 중국의 전통 스타일을 살릴 수 있도록 구성하되, 밝으면서도 화려한 분위기를 유지해야 한다.

중국인들은 차를 통한 수행이나 수양보다는 음다 자체를 즐거움으로 여기는 경향이 강하다. 우리나라에서도 요즘엔 차의 맛과 향기 자체를 즐길 뿐, 차를 통한 득도에는 별 관심이 없는 사람들이 많다. 이런 사람 가운데 일상적으로 중국의 우롱차나 발효차 등을 많이 즐기는 사람이 있다면 중국식 다실을 구상해볼 수 있을 것이다.

중국 다실을 구상할 경우 중국차의 다양성에도 주의해야 한다. 보통 한 가지 차만을 즐기는 경우는 거의 없으므로 여러 종류의 다구들이 필요하게 되고, 이런 다양한 다구와 차들을 보관하기에 편리한 장식장 등이 필요하다.

서양식 홍차 티룸의 구상

최근 가장 많은 사람들의 관심을 끄는 차가 바로 홍차일 것이다. 즐거운 담소와 밝고 경쾌한 홍차의 향이 어우러지는 홍차 다실도 구상해볼 수 있다. 하지만 개인이 홍차만을 전문적으로 마시기 위한 별도의 다실을 꾸민다는 것은 쉬운 일이 아니다. 한국에 사는 한국인이 영국 귀부인들의 2~3백년 전 홍차 티룸을 재현한다는 것도 낯선 일이고, 함께 모여 차를 즐길 다우들을 자주 찾기도 쉬운 일은 아닐 것이다.

만약 홍차 티룸을 구상한다면, 최대한 넓은 방에 여러 명이 앉을 수 있는 테이블과 의자가 필요하다. 육중한 테이블에 서양화로 벽을 장식하고, 커튼 등을 활용하여 분위기를 돋울 수 있다. 차와 관련되는 그림이나 소품들도 최대한 활용하여 이국적인 분위기를 내주어야 홍차 티룸을 구상한 보람이 있을 것이다.

차가 있는 모든 곳이 다실

차를 전문적으로 배우거나 가르치는 사람이라면 개인차실에 대한 욕심을 버리기가 쉽지 않다. 하지만 여러 가족들과 어울려 아파트에서 살아가는 현대인들에게 개인 전용의 다실을 갖는다는 것은 여간 어려운 일이 아니다. 다실을 마련할 수 있다면 더없이 좋겠지만, 그렇지 못할 경우에도 언제 어디서든 찻자리를 펼 수는 있다. 실제로 많은 차인들이 각자의 집 거실이나 서재, 심지어 식탁을 그때그때 필요한 최고의 찻자리로 만들어 활용하고 있다. 게다가 한두 가지 종류의 차만 마시는 사람은 드물기 때문에, 특정 차에 어울리는 다실이 반드시 장점만 있는 것도 아니다. 물론 일본 다실에서 홍차를 마시지 말라는 법이 없고, 한국 전통 다실에서 중국차를 마시지 말라는 법은 없다. 하지만 이렇게 다양

한 차를 즐길 경우 그때그때 필요한 찻자리를 적당한 장소에 연출하여 활용하는 편이 오히려 편리하다.

이렇게 거실이나 서재 등을 다실로 활용할 경우 알아두면 좋은 몇 가지 지침은 다음과 같다.

첫째, 차와 관련된 일체의 물건들은 항상 일정한 곳에 두도록 한다. 거실의 장식장이든 베란다의 장이든, 일정한 곳에 다구 등을 보관하고 관리하지 않으면 집안 곳곳에 차와 다구들이 흩어져 다실도 아니고 생활공간도 아닌 곳으로 전락하기 십상이다.

둘째, 차와 다구를 두는 공간, 차를 마실 공간은 비린내 등의 냄새가 접근하지 못하도록 최대한 막는다. 차는 여타의 냄새와 상극인 예민한 음식임을 잊지 말자.

셋째, 거실 등 비교적 넓은 공간의 일부만을 다실로 활용할 수 있다. 좌식의 다탁 등을 거실 한편에 놔두고 여러 찻자리로 활용하는 방식이다. 이럴 경우에도 다양한 종류의 다구 등을 보관하는 장소는 별도로 있어야 한다. 차생활을 하다보면 금방 다양한 차들에 어울리는 다양한 다구들을 모으게 되기 때문에 거실 한켠의 찻자리에 이를 계속 쌓아둔다면 너무 산만하고 복잡한 자리가 되어 차는 마시더라도 찻자리의 고아한 운치는 전혀 즐길 수 없게 된다.

넷째, 같은 자리에서 펼치는 찻자리라도 계절과 상황에 맞는 소품을 더욱 적극적으로 활용하여 변화를 주어야 한다. 계절에 어울리는 꽃과 방석, 다포, 찻잔, 발, 등, 돗자리 등 다양

한 소품을 활용한다. 이처럼 계절과 상황에 민감하게 찻자리를 장식하고 꾸미는 연습을 반복하면 누구나 안목이 생기고 더욱 고아한 찻자리를 구성할 수 있게 된다.

이상에서 차의 역사와 다실의 역사를 살펴보고, 다실을 어떻게 구상할 것인지 그 개요를 설명했다. 하지만 아직은 다실의 구성원리나 실용적인 지식의 정리가 많이 부족한 것이 우리 현실이다. 이에 대한 학계와 차인들의 깊이 있는 연구가 속히 이루어지길 기대하면서, 이제 실제로 다실을 어떻게 구성하고 디자인할 것인지 사례를 통해 살펴보기로 하자.

1. The Origin of Tea Rooms

It is said that since Shennong(神農)'s period approximately 5,000 years ago is when mankind first started to drink tea. The character Shennong, who first appears in Chinese mythology, is regarded as a God-man who taught people how to use fire and how to farm while he is also regarded as the founder of herbalism. One day he, the originator of herbalism, became addicted to a poisonous plant while out exploring the edibility of various herbs and his treatment of drinking brewed tea leaves is the gist on the origin of tea from Shennong.

Through these origins, we know that the very first tea mankind began to drink was used as a kind of medicine. The detoxification that removes poison especially seemed to have drawn people's attention. And it is still considered as one of the most significant and beneficial functions of tea.

Favorite Beverages for Reception of Guests

The oldest record that specifically shows the customs of tea drinking, which first started in China, is a slave trading agreement document ⟨DongYak(僮約)⟩ made by a scholar named WangBo(王褒) during the time of Emperor Xuandi(宣帝) of the Former Han(前漢) Dynasty. Since the document was written in 59 BCE, it is a record of approximately 2,000 year ago from now. The key point of this agreement is that WangPo bought a male servant named Bian Liao(便了), who was taken care of by the former husband of a widow named Yang Hui(楊惠), for 15,000 nyang. This agreement shows the list of tasks that needed to be done by Bian Liao the slave, and those tasks included going to Wuyang(武陽) to buy tea and to boil and serving tea to guests that came by. This hereby shows that approximately 2,000 years ago, China had a custom of drinking tea while there was also a commercial act of buying and selling tea.

Another fact to pay attention to from ⟨DongYak⟩ is that tea was already being used as a drink to serve to guests at the time. As drinks served to guests, they are obviously supposed to be favorite beverages that are meant to enjoy its taste or scent and this therefore shows that tea was already being used as a favorite beverage during this time.

Spiritual Beverages that Pursue the Zen State of Mind

It is said that Buddhism was first introduced to China around the 2nd century BC during the Former Han Dynasty period. Later Bodhidharma(達磨) appeared and widely spread Zen Buddhism in China and there are even stories that say people first started to drink tea during the time of Bodhidharma. Dharma is the creator of the Zen Buddhism, which seeks enlightenment through meditation and is also famous for performing wall-contemplation in a cave for nine years. However, it seems to have been difficult even for this great monk to fight the strong urge to sleep during meditation. Then one day, he eventually took out his eyelids that kept closing shut and threw them out but a tree grew in that very spot and when he boiled its leaves and drank it, he could finally defeat the demon of sleep. This tree was in fact a Camellia sinensis and the gist of the origin of Dharma is that people began to drink tea since this time.

According to the story that indicates Dharma drank tea in order to chase away sleep during meditation, we know that the effect of tea on keeping one awake has long been recognized and utilized by people.

The later Zen monks, who followed Dharma's teachings, accepted tea and considered as one of the most important offerings to put before Budha and also used it for their own practice while even using it to serve believers who came to visit the Buddhist temple. Buddhist temples hereby took place as areas where tea culture would flourish the most.

The Origin of Tea Rooms

According to <Dong Yak>, tea has already been used as a drink for serving and entertaining since 2,000 years ago. Formality when serving and entertaining guests was obviously necessary at palaces and government offices as well as even folk houses while particular spaces are required for formal tea table settings. This means that even if there may not have been a tea room entirely dedicated to serving and entertaining guests, there would have had to been an indoor location equipped with necessary tables, chairs, various types of teaware, tea infused water boiling tools, etc. in order to drink tea and chat with guests. There is a high possibility that multi-purpose buildings or spaces were used as tea rooms at first. In Korea's case, Western style sitting rooms or the Sarangbang and Daecheong front porch that played the role of today's living rooms are such examples. The Jidaebang, which is a kind of resting place, played this role in Buddhist Temples and palaces used a separate building that held banquets.

As time gradually passed by and the importance of tea increased, those early days of drinking tea led to the advent of professional tea rooms.

2. The Development of Tea and Tea Rooms

Over the years, tea became more than just medicine or a favorite beverage and developed into the best formal drink to serve to valued guests. Also with tea and Zen Buddhism created by Bodhidharma later combining into one, tea's standing enhanced even as far as becoming a beverage of spiritual value. This indicates that the act of drinking tea and etiquette were combined into one and furthermore means that the act of drinking tea developed into a type of devotion. Regardless of whether it be the past or present, there are some form of etiquettes that actually exists when two or more people sit down to drink tea and many tea masters and monks try to experience a special state of spiritual enlightenment through tea. Hereupon the words DaRye(茶禮) or Dado(茶道) finally came into being.

Luk-Yu and the Origin of Tea Masters

The first book that ever reflected such unique and metaphysical roles and the standing of tea while covering the knowledge and attitude to enjoy it or seek the state of enlightenment through it is none other than Chajing(茶經) written by Luk-Yu(陸羽, ?~804). Luk-Yu grew up under the care of monks at the Zen Buddhist Temple without knowing who his parents were since he was an infant. He was naturally introduced to meditation and tea drinking early on. However, he enjoyed reading books on Confucianism than Buddhism and eventually ended up giving up on the monk life, left the priesthood, and became well-read in the worlds of both Confucianism and Buddhism. And since Tea was the main research subject he worked on for nearly his entire life, naturally establishing the ideal human character through tea became his final goal. If Bodhidharma had recognized the effect of tea on keeping one awake and used it in the practice of meditation early on, then it is plausible to say that Luk-Yu provided tea drinking with high spiritual value such as the meditation of Buddhism and the cultivation of Confucianism. Whether it be Buddhism or Confucianism, each requires knowledge, wisdom, and long-term training to reach their goal of the best spiritual state. Likewise, with sufficient knowledge, wisdom, and training process, it is more than possible to reach the state of nirvana or the Man of Virtue. People who pursue such best states through tea are usually called tea masters.

However, in order to achieve the same results as the practice or discipline, which both pursue a high-level of spiritual value, through the simple act of drinking tea, which is but a type of drink, then tea drinking also requires formality, etiquette, and standards no less than meditation or discipline. Tea is obviously a beverage you can drink any time anywhere but in order to fully enjoy the benefits that tea has to offer, there needs to be a certain time, place, and rules to tea drinking. Especially for tea masters who are trying to reach the same state as the meditation of Buddhist monks or the discipline of Confucian scholars, constraint on time and space as well as following the form is absolutely necessary. This means that tea rooms are essential and that the etiquette and standards in tea rooms must also exist.

The Expansion of Tea and Zen Buddhism

The culture of tea drinking, which first began in China, spread throughout all of China once the period when Luk-Yu was active had arrived. Luk-Yu summarizes the situation at the time by saying "Everyone drinks tea at every house." Tea, which became a part of China's daily routine, soon spread to neighboring countries as well. In the case of Korea and Japan, Zen Buddhism and tea culture were almost simultaneously passed on to each country and since the early days, tea and Zen have formed a close relationship to promote each other's development.

In the case of the Korean Peninsula, tea was passed on to Silla from China approximately during the 6~7th century according to the records of Samkukyusa(The history of three kingdoms). It is said that Queen Seondeok(善德) enjoyed drinking tea, King Munmu(文武) ordered for tea offering to the ancestors during the Buddhist service, and that Seol Chong(薛聰) recommended King Sinmun(神文) "to drink tea in order to keep a clear mind." These were all people who were active in the 7th century.

The first records of Japanese tea appear in the 9th century. There was no large development until 1911 when the Zen monk Eisai(永西) returned from Song(宋) Dynasty with tea seeds and planted them in Kosanji(高山寺) Temple located north of Kyoto. Zen monk Eisai then wrote the first Japanese tea book The Kissa Yojoki(喫茶養生記) in 1214 and is considered as the originator of Japanese tea by doing deeds such as leading the popularization of tea.

In this regard, the early tea culture of the three countries - Korea, China, and Japan - had formed such an inseparably close relationship with Zen Buddhism.

The Archetype of Tea Rooms

Certain rules were established to tea drinking as tea and the practice/process of Zen Buddhism combined together while tea ceremonies or tea rituals were also created as tea became important at various events held at Buddhist temples. With rituals related to tea naturally having to face time and location constraints, tea rituals also diversified according to the various sizes, types, and characteristics of events. When classifying the various rituals according to the locations they were held at, we roughly get the following results.

First, there are the tea ceremonies that were held in the royal court. In the traditional era, the palace was the country in other words and therefore the event took place as a tea ceremony on the basis of the country. Such ceremonies continuously took place during the Joseon(朝鮮) Era, not to mention in Goryeo(高麗). The tea ceremony would accompany every time any small or large event such as the king or queen's birthday, the prince or princess's wedding, the birth of a crown prince, the ascension of a king, the reception and transmission of ambassadors, etc. would take place. It was a tea ceremony of great importance during the traditional era that it even had the title Royal Tea Ceremony.

Second, there are the tea ceremonies that were held at events hosted by relatively large organizations such as Buddhist temples or government offices. Tea ceremonies at religious anniversary events, banquets for the elderly members of the community, etc. are some examples. Tea ceremonies were also held at the governor's office or the main worship hall in a Buddhist temple, which were both had a relatively large scale and building that could be used as the venue of events.

Third, there are the tea ceremonies that were held in buildings that were built for relaxation or the view other than a house such as Korean traditional pavilions. These pavilions, which were built on gardens and parks with an outstanding view, were also perfect for tea ceremonies with only a small number of participants. The first class to which tea was introduced to in Silla other than the monks were Hwarang(花郎, knights), who would travel all over the country while training their minds and bodies and also promote patriotism. Among the training fields those Hwarang used, relics such as a stone well and a stone mortar and pestle they used when drinking tea were found at the Gyeongpodae and Hansong-jeong fields in Gangneung. Moreover, the place where King Gyeongdeok(景德), who ruled Silla during the 8th century, called and requested monk Chungdam(忠談), who was returning from offering the Buddha of Samhwaryeong Ridge on Nam Mountain tea at the time, for tea was also a Korean traditional pavilion above Guijeongmun(歸正門).

Fourth, there are the tea ceremonies that were held in private houses, which used the main room, Daecheong, and Sarangbang for the ceremonies. Most of these were mainly for entertaining guests but there were also cases where the tea ceremony was held alone. The Scholar's tea ceremony was presented at ceremonies where scholars would serve tea to guests in the Sarangbang and the Gyubang(閨房) tea ceremony was presented at those where the hostess would serve tea to guests in the main room.

Fifth, there are the tea ceremonies that were held in spaces such as Byeol-seo(別墅), Chodang(草堂), Chomak(草幕), Amja(庵子), and Togul(土窟) which were created for certain individuals to quietly stay in and either perform practices or perfect their studies. As much as these places were meant to stay at alone, there were many tea ceremonies held alone while there was also the Jeobbin(接賓) ceremony for small number of visitors. Among these places, Jeong Yak-Yong(丁若鏞)'s Dasanchodang(茶山草堂) and monk Choui(艸衣)'s Iljiam(一枝庵) are the most representative. These small buildings, which are different from both houses and pavilions, are very similar in shape to the private tea rooms built in Japanese Buddhist temples.

Lastly, there are the tea ceremonies held in nature without artificial buildings or facilities. This means tea settings were centered on places with a beautiful scenery. Although these spaces in nature are obviously very far from artificially created tea rooms, the element of nature later takes up a large part of the space presentation of Korean tea rooms. While the Chinese pursued large and fancy tea rooms and the Japanese pursued artificially reduced metaphysical spaces as tea rooms, our ancestors had the tendency of trying to pursue nature exactly as it is.

3. The Story of Korean Tea Rooms

It seems that tea entered the Korean peninsula during the Silla period for the first time while the monks and Hwarang were mainly the ones to drink tea during the Unified Silla period. Records such as the tale of Sabok(蛇福) offering tea to Wonhyo(元曉), the record of the two princes Bocheon(寶川) and Hyomyeong(孝明) of the 8th century offering tea to Manjushri Bodhisattva during their ascetic practice on Odae Mountain, the record of the monk Chungdam(忠談) offering tea to Maitreya Buddha at Samhwalyeong(三花嶺) on March 3rd and September 9th every year, the record of King Gyeongdeok(景德) presenting tea as a gift to the monk Wolmyeong(月明), and the record of Jingamguksa(眞鑑國師) and Muyeomguksa(無染國師) drinking tea are conveyed.

The Emergence of Tea Rooms During the Goryeo Era

The practice of tea drinking expanded in full measure during the Goryeo Dynasty and the development of the Goryeo Celadon was accordingly achieved.

First of all, tea was one of the most important drinks in the royal court alongside fruit liquor while the Jinda(進茶) ceremony would be held at national festivals such as the Lotus Lantern Festival and the Festival of the Eight Vows or at the investiture of the princes and queens. Also, tea was used as an important diplomatic gift. Song Dynasty sent gifts such as Long Feng tea (龍鳳茶) to Goryeo while Goryeo sent gifts such as Noe Won tea (腦原茶) to Georan. The king also bestowed tea upon his subjects, the monks, or the elderly and as such work related to tea increased in the royal court, he established a professional government office called Dabang(茶房:Tea House).

The nobles also enjoyed tea so they would buy expensive Chinese tea and teawares from Song Dynasty merchants and occasionally make tea rooms and gardens. The writers during this period left behind many poems about tea while there was also a custom of presenting tea or teaware as a gift to each other.

The custom of tea drinking also occurred at a large scale at Buddhist temples and there was even a professional tea village that made and served tea at the large Buddhist temples. There was also a custom called Myungseon(茗禪), which was a sort of tea making competition.

Such trends of tea drinking also influenced Goryeo's gardens and tea room culture. There was a garden called Cheongpyeong Sik-am(淸平息庵) at Munsuwon(文殊院) on the Cheongpyeong(淸平) mountain, where the Lee Ja Hyeon (李資玄, 1061~1125) spent his remaining years exploring Zen studies(禪學). There, Lee Ja Hyun drank tea and immersed himself in meditation. Jeong An (鄭晏, ?~1251) was a famous politician from a prestigious noble family who left the mundane world and lived in hiding at a valley in the woods like a monk and called that place Il-Am(逸庵) while he built a small separate traditional wood pavilion called Sesimjeong(洗心亭) and drank tea there.

The Characteristics of Tea Rooms of Goryeo Dynasty

Lee Kyu-bo (李奎報, 1168~1214), who was an excellent writer and tea master from Goryeo Dynasty, wrote Mojeonggi(茅亭記). Mojeong(a house with a roof made of cogon grass) here is the small traditional wood pavilion/tea room built by the man of power at the time Choi Chung-Heon(崔忠獻). It is said that while this was a pavilion within a crowded city, you could still feel the atmosphere of the deep cloudy mountains.

In addition to this, Lee Kyu-bo mentions in several tea poems that he drank tea at commoner's houses, the bangjang(方丈) in Buddhist temples, Sansil(山室), Mojae(茅齊), etc. Meanwhile, Lee Haeng (李行, 1352~1432), who was active from the late Goryeo Dynasty to the early Joseon Dynasty, had made Mo-ok(茅屋) and enjoyed drinking tea. Seong Seok-yeon(成石珚, ?~1414) also built a small house, called it Wesaengdang(衛生堂), and made tea there. In such a way, there were many of Mojeong(茅亭) among traditional wood pavilions and these were also places to make and drink tea.

The Tea and Tea Rooms from of Dynasty

With Confucianism replacing Buddhism in Joseon Dynasty, there seemed to be a slight tendency of tea culture being deteriorating. However, various ceremonies related tea continued to take place within the royal family even during this era, the DaRye ceremonies for welcoming foreign ambassadors were kept, and the tradition of tea drinking continued mainly through Buddhist temples.

Then entering the 19th century, tea became very popular once again. Buddhist monks who practiced tea ceremonies(茶僧) such as Hyejang(惠藏), Choui(草衣), and Bumhae(梵海) along with writers who enjoyed drinking tea such as Jeong Yak-yong(丁若鏞), Shin Wi(申偉), Kim

While Choui wrote Dongdasong(東茶頌), he also greatly contributed to reviving tea culture by cultivating and producing tea, etc. It is also around this time when the term Dado(茶道) specifically appeared. Jeong Yak-yong enjoyed tea even while living in exile in Gangjin for eighteen years and also organized Dashingye(茶信契) with his disciples when leaving Gangjin.

It was not uncommon for tea masters of this time to also make tea gardens and tea rooms. Shin Wi built a traditional wooden pavilion called Hanbojeong(閑步亭) while he was the local governor and used it as a place to make and enjoy tea. It is said that when you passed the gates of government office, walked down a narrow road and reach beneath a boulder, there was a cool and clean water spring, which is why he built a small traditional wooden pavilion next to it.

Jeong Yak-yong devoted nearly ten years into his writing while decorating gardens and drinking tea at Dasanchodang(茶山艸堂) in Gangjin. Hwang Sang(黃裳) who was a close friend with both Jeong Yak-yong or Choui built Ilsoksanbang(一粟山房) on the high hill of Gayagok(伽倻谷) on Baekjeok(白磧) Mountain and this was a tea garden/Da-Ok(茶屋) that had a rock spring. Kim Jeong-Hui called his tea room Jukrojisil(竹爐之室).

Iljiam(一枝庵) on Duryun Mountain, where Choui lived in seclusion for a long time and enjoyed drinking tea, was also a famous tea garden. Iljiam, which was built on the top of Duryun Mountain where there were many pine trees and bamboo trees, was a straw-roof house with two rooms. The beautiful garden with a yard fully planted with flowers and a pond at the center was Iljiam. There, Choui drank tea with the moon and clouds and dreamed of nirvana.

4. The Story of Japanese and Chinese Tea Rooms

In China's case, the habit of drinking tea spread all the way to the general public of Chang'an(長安) entering Tang(唐) Dynasty. Luk-Yu discussed the right way to drink tea through Chajing and China's Dado(茶道) hereby became equipped with a system. Tax on tea has incurred since the Tang Dynasty. The Tang Dynasty collected 10% of the tea price as tax and as these rates gradually increased along with corrupt officials collecting additional taxes, the trafficking of tea increased as well.

Tea Culture of Song Dynasty and Development of Tea Houses

Entering the Song Dynasty(宋代), commercial cities flourished while the lifestyle of tea drinking spread all the way to the class of the common people. Song Dynasty's commerce greatly developed compared to Goryeo or Japan at the time and the case of tea was also no exception. Jumdado(點茶道) or Tooda(鬪茶), which were based on tea competitions, were popular and tea houses flourished through the commerce culture while tea literature and art also greatly developed. It is of course natural that the tea culture that flourished to this extent greatly influenced Goryeo and Japan at the time.

The largest characteristic of the tea culture from the Song Dynasty era is that the custom of tea drinking has been established with everybody from the emperor all the way to the common people. This means that the whole nation treated tea as a necessity like salt or rice. Furthermore, the tea taxes, monopoly system of tea, the private system, the settlement of the tribute system, the expansion of the Imperial Tea Garden(御茶園), etc. are the characteristics of the tea culture during this period.

With the noblemen class enjoying tea, tea was served to guests instead of liquor and this served as the occasion for the change in subordination of that society, the expansion of the tea drinking custom.

With the commercialization of tea, tea house(茶坊) appeared in cities all over the country and they served as a cultural space and place for trade while even a mobile tea house called Dadambupo(茶擔浮鋪) appeared.

As Yuan(元) later conquered China, the habit of drinking tea spread to nomadic tribes in the north and they would add butter or milk to their tea.

The Formation of Japanese Dado and Establishment of Tea Rooms

It was due to the Zen monks of during the Muromachi(室町) period(1338~1573) when tea spread to Japan. And Murata Juko(村田珠光) was the one to pull Zen tea, which people first began to drink for spiritual discipline and medicinal purposes, up to the level of Dado(茶道). He is known as the originator of Japanese Dado and claimed the state of Chaseonilmi(茶禪一味). When entering the period of Dakeno Zo(武野紹鷗), who lay significance on discipline of the mind in a small tea room, the Dado ethics of once in a life time (一期一會: with the attitude of the owner and guest, doing one's sincere best by the owner and guest both regarding the other as someone they can only meet once during their lifetime) created.

Sen No Rikyu(千利休, 1522~1591), who was a student of Dakeno Zo and was in charge of the Tea ceremonies for Oda Nobunaga(織田信長) and Toyotomi Hideyoshi(豊臣秀吉), had completed the Japanese Dado. Sen No Rikyu completed the Wabi tea(侘び茶) as he pursued the compositional aspect of Dado, created a tea room that was reduced to less than half its size for that purpose, and accepted the rustic teaware from Joseon as the utensils suitable for Wabi tea.

In the process of sublimating tea to the state Dao(道), the Japanese tea masters not only refined the spiritual aspects of tea but also every matter and process related to tea drinking. The individual who most prominently shows this is Sen No Rikyu, who is regarded as the one who completed Japanese Dado.

Before Sen No Rikyu, Japan also used parts of common buildings as tea rooms like that of China or Korea. It means no separate buildings were built. Such an example would be Toyotomi Hideyoshi's mobile golden tea room and for a while the areas blocked off with folding screens in spacious rooms of the Seowon(書院) were used as tea rooms. However, after Sen No Rikyu, separate Da-Oks were built and used as tea rooms while various standards based on the Dado spirit were created for the architecture and decoration of tea rooms.

It is plausible to say that the traditional Japanese tea rooms were at first a small one-room straw-roof houses. They were houses solely built for the purpose of tea ceremony while the decorations on the inside rejected any sort of extravagance and only went as far as to satisfy the most minimal aesthetic needs. They were built on the principle of simplicity and such architectural style and ideal expanded beyond tea rooms to general Japanese buildings, creating the unique style of Japanese architecture.

Traditional Japanese tea rooms are composed of four main parts. First, the tea room where tea masters sit down to drink tea is about the size capable of fitting five people sitting down. Here, there was a place to clean the teaware and a place to wait for the invited guests as well as a path for the guests who were waiting to enter the tea room. This path is called Roji(露地) and it also serves as the tea garden.

Particular aspects of the traditional Japanese tea rooms that catches one's eye are the Roji and interior decorations. The Roji aims for an environmentally friendly garden and are generally built to allow guests to feel as though they have entered a whole other world. This is to allow guests to cut themselves off from the world and solely concentrate on the tea ceremony held in the tea room. When passing this Roji and reaching the tea room, there is a small door that one can enter only by bending over. This is to induce any person to enter the tea room with a humble attitude and the door was also made small to prevent too much sun light from entering the tea room. The warriors had to take off their swords and hang them on assigned places before walking through the door. This was because weapons were not allowed at the tea ceremony that regard peace and harmony as the best virtue.

There is a small window aside from the door inside and this window was also made as small as possible to prevent penetration of excessive light and noises. On one side, a shelf for decoration called a Tokonoma(床の間) is installed and when tea parties are held, tea flowers are put here or other items suitable for admiring are placed on it. Paintings and calligraphy work that capture the solemn ambience of tea parties or sense of the seasons are often hung up as well. At the center, a furnace to boil the water is installed and a pot is set on top of it. Around this furnace, the guests and owner proceed with the tea ceremony with the utmost courtesy.

5. From Dabang to Starbucks

One of the most important functions of tea is that it is a beverage that goes best with a place of conversation. Tea was treated as the best beverage to serve to guests since the early days and on large scale, tea ceremonies were held for foreign ambassadors as a national event while on a small scale, the host and hostess would each welcome guests into the sarangbang and main room and chat while drinking tea. But with the development of commerce and tea also gaining recognition as a type of commodity, professional stores selling tea also began to appear.

Chinese Tea Houses and DaYe

Tea houses has appeared in China since the Tang Dynasty to provide guests with a place to drink tea and spread throughout the country after Song Dyansty. The Chinese would gather at these tea houses and perform Tooda(鬪茶) that are competitions on the techniques of making tea and even showcased performing arts later on. So to speak, they developed into theatre-style tea houses where shows would be performed and these traditions have revived again today that every tea house now showcases various skills and performances. Such tea-related skills are called DaYe(茶藝) in China and professional DaYe artists who have a license make an appearance.

The culture and art related to tea has developed very diversely in China, as it would be the dominant country over tea, while the tea culture of minority groups or various tea-related legends would wear the clothes of art and are performed under the name of Daye. Although the same goes for the elements aside from tea, it was not uncommon for tea houses to also show off enormous scales as the Chinese enjoyed large and fancy things. The existence of grand scale tea houses were absolutely necessary for performances such as DaYe as well.

From Dajum to Dabang

In Korea's case, there was already a place for drinking tea called Dayeonwon(茶淵院) during the Unified Silla period. There was also a tea house where people could pay money to buy and drink tea called Dajum(茶店) during the Goryeo period. However, these did not commercially prosper like the tea houses in China and were closed after the Joseon Dynasty.

Nearing towards the end of the Joseon Dynasty, coffee, black tea, etc. were introduced into the country following the flow of enlightenment and coffee was called Gabaecha·Gabicha(加比茶) or Yangtang(洋湯) at the time. In addition to this, black tea was also introduced and modern style tea houses that of course sold coffee and black tea alongside various beverages appeared. Although coffee was the mainstream, these tea houses were named Dabang(茶房) following the past traditions.

Korea had the most number of dabangs in 1992 with approximately 45,000 of them. Then the numbers decreased to a mere 9,000 due to the IMF crisis and could not recover since. Instead, the number of coffee shops significantly increased and the number of shops have exceed 90,000 in 2017.

British Black Tea Culture

Tea, which has spread all throughout Asia, has finally been introduced to Europe in the 16th century. While the East India Company of the two countries the Netherlands and England transported Eastern tea to European countries, cultivation of tea also began in Southeast Asia. England later became the birthplace of black tea culture and the foremost exporting country for tea.

With Catherine de Braganza of Portugal getting married Charles II of England in 1622, the number of English people enjoying tea further increased. Moreover, as the middle class began to enjoy tea after the Industrial Revolution in the mid–18th century, England becomes the greatest importing country as well as the exporting country for tea. The black tea culture spread to the middle class society between the mid–18th century and 19th century and even expanded to the commoners' society in the late 19th century, inevitably taking its place as the so–called national drink of the British. This is also around the time when the afternoon tea culture appeared.

Afternoon tea began thanks to Anna Maria Stanhope(1788~1861), the 7th Duchess of Bedford. England at the time, served a generous breakfast, a light meal for lunch, and dinner was served at eight in the afternoon. It was obviously no surprise one would become hungry when afternoon arrived. One day, around five in the afternoon, the Duchess of Bedford had her maid prepare tea and refreshments for she had a "sinking feeling." The Duchess realized that drinking tea in the afternoon helped her feel better and began to invite her friends over to tea parties. Such gatherings began to spread all throughout London and this became the starting point of afternoon tea. Afternoon tea consists of black tea, milk, dainty sandwiches, scones, clotted cream (a thick yellow cream made by heating raw milk), jam, cake, biscuits, tarts, chocolate, etc. Finger foods, which you can easily enjoy, takes up most of the tea food.

From Coffee Houses to Tea Rooms

Coffee houses first appeared in London during the 1650s and they were so popular that there were already thousands of coffee houses by 1700. Black tea sold out the most aside from coffee and coffee houses from the early days were Gentlemen's clubs open to all classes of men as well as a sort of forum and a place to exchange information. Journalists, scientists, businessmen, writers, and artists gathered and drank tea while discussing each of their interests and obtaining useful information. Coffee houses at the time were exclusive places for intellectual men and were also the source of the latest news to the extent that one could have run a newspaper publishing company at a coffee house. Not long afterwards, coffee houses were opened up to women as well.

As the popularity of coffee houses slightly withered, tea gardens sprang up all over the place and drew the attention of tea and art lovers once again. Tea gardens became a popular attraction for men and women of all ages as they were a place one could drink tea alongside a splendid musical performance in a beautifully landscaped garden.

As people flocked to the suburban tea gardens nearby, the cheap coffee houses located at the center of the city end up planning a new twist. What then appeared at the time were tea rooms that armed themselves with a luxurious vibe and an afternoon tea menu. The confectionery chain Aerated Bread Co. (ABC). opened its first tea room and this tea room, which had a cozy and simple ambience, was so popular that not long afterwards, they opened branches nationwide. Then similar tea rooms, which provided fancier and classier decorations and ambience, especially compared to ABC began to appear. Tea rooms were the best place that allowed women of the time to escape the monotonous daily life and take an elegant rest.

Henceforth, tea rooms continued to develop to the extent that there is not one somewhat major hotel in London that doesn't have a tea room or that doesn't sell an afternoon tea menu. In fact, the afternoon tea menu of high-class hotels in itself is becoming the most popular merchandise of London tourism.

6. Basic Rules of the Tea Room Making

The tea rooms today can largely be divided into commercial spaces and non-commercial spaces. In the case of commercial tea rooms, the Chinese tea houses or English style black tea tea rooms are the most representative. Korean and Japanese traditional tea houses also run commercial tea rooms that keep their own history and culture alive. In the case of these commercial tea rooms, there are many restrictions on its location and there is a limitation in the sense that it is difficult to design the space after excluding the commercial aspect. Therefore, the principle, rules etc. of making that space is bound to be different from personal tea rooms. Here, we intend to focus the discussion on the aesthetics and making principles of personal tea rooms, which is one of the interest of tea masters these days.

The Making of Temporary Tea Rooms Using Gardens.

Tea masters of three Far-Eastern countries have pursued assimilation or friendship with nature since a very long time ago. Instead of pursuing honor or wealth, they wanted to live a life that is free like Blue Mountain(靑山) and White-Clouds(白雲) but that also conforms to the providence of the universe. It is therefore very natural that the tea masters enjoyed drinking tea in quiet mountains or fields with a beautiful scenery. However, when taking a look at the making principle of traditional tea rooms and gardens, one can tell that tea masters of the three countries Korea, China, and Japan had similar attitudes toward nature yet respectively had their own uniqueness.

First in China's case, they like big, tall, and extensive things while they also had a strong taste in natural yet eccentric views. And in the case of the authentic Chinese garden Wonrim(園林), it was common for them to represent an incredibly large scale with an enormous lake in the back. Oddly shaped stones not to mention exotic flowers and trees cannot be left out. It is said that Goryeo tea master Lee Gyu-bo would "always take odd-looking stones with many curves, hollow holes, and bumps then stack several of them up to make a mountain modeled after the eccentric shape of Hengshan(衡山) and Huoshan(霍山) when they made the garden," and this is talking about the very Chinese-like aesthetic. Therefore, when decorating an outdoor tea table setting in such an environment, there is a concern that the participants will be too mesmerized by the vast and eccentric view around them. It is not exactly suitable for a gathering of a small number of people to boast and enjoy drinking tea, but is likely more suitable as a tea settings to boost the fun and excitement of tourism.

In Japan's case, as seen from the making of their tradition tea rooms, the kind of nature they want is a very artificially remade and reinterpreted nature. This tendency is particularly strong among traditional Japanese gardens and they basically enjoy admiring not the nature in it itself but the symbols of nature that they have artificially divided and maintained. The Roji of traditional tea rooms or the interior of tea rooms obviously try to pursue the most natural things but they too have added an artificial touch to nature. Japanese tea masters pursue mental pressure on themselves not through such original forms but through metaphysically reinterpreted and artificially remade nature while they have also pursued the state of enlightenment through this process. Tea rooms are therefore made as narrow as possible that not even enough sun light can enter the room. This is similar to the composition display of monks who perform wall-contemplation against one side of a cave. However, such spirit of Japanese Dado is difficult to implement in its original nature. This means that it is difficult to hold traditional Japanese style tea ceremonies in nature that has not been artificially maintained.

In Korea's case, they have placed great value on nature in its completely natural form since a long time ago. They made gardens by leaving the mountains, rivers, valleys, and waterways just the way the Creator made it and enjoyed drinking tea in nature. It's just that they struggled searching for a location that had a beautiful view and that gave the feeling of having quietly left in the rest of the world. The Korean tea masters regarded enjoying tea in nature that minimalized artificiality as their greatest happiness. That may be why Korean tea masters particularity have more tea parties compared to Chinese or Japanese tea masters.

Tea parties that used outdoor gardens also existed in Europe. However, the principle of creating traditional European gardens is actually far from the spirit of unity with nature, which tea masters orient towards. European gardens are normally made through very obviously artificial recreations. There are certain sections and it is within those sections that trees, flowers, and grass are formed in squares, triangles, or circles. And basically such geometrical modeling of gardens fit the taste of

Europeans. Of course England is an exceptional case. The so-called natural gardens of England have become the place for tea gardens, allowing the British to enjoy the pleasure and beauty of the tea-drinking occasion to their greatest extent but this is because England created an exceptional culture by accepting Eastern traditions rather than European traditions. However, this does not mean it is impossible to create a tea table setting in a European style garden. It may not be suitable for tea-drinking occasions where matcha or traditional Korean green tea are enjoyed but it most definitely can be used as black tea tea party location that focuses on bright and cheerful aspects.

The Basic Concept of Tea Rooms According to Its Purpose of Creation

The purpose of making individual tea rooms for tea masters can be separated into three main reasons. The first case is when a private tea room is needed for oneself. This is the same as when monks leave the temple, go into the mountains alone, build a togul, and meditate.

The second case is when an exclusive place for family gatherings or serving guests is needed. This is probably the reason why many tea masters would want an exclusive tea room. In the case of living in the countryside and owning a separate piece of land, it is possible to design a Da-Ok as a separate building or make an empty one as a tea room in the case of apartments.

The last case is when decorating an exclusive tea room for the education of the growing younger generation. However, the scale or making method of the tea room as an education site differs according to how and how often one intends to teach what type of tea. Moreover, there is a problem in that it is difficult to apply the making principle of tea rooms that are made for personal use to these tea rooms since they have a greater meaning as an education site rather than an exact meaning as a private room.

The Making of Traditional Korean Style Tea Rooms

Personal tea rooms one can make in Korea can be separated into about four main types. First, it is a type of tea room that is a place to enjoy traditional Korean tea with a small number of family members or friends. In this case, the size of the tea room is sufficient if it is 107~142 square feet and best if it does not go over 356 square feet even if it is considered big. Though the tea room is small, it should be emptied as much as possible in order to feel its abundance of complete emptiness but if it is too big, participants find it difficult to concentrate on the tea setting and also causes the adverse effect of bringing in items that are not even necessary. Moreover, a tea setting that is too extensive only causes distractions even when one simply wants to enjoy solitude and meditation by themselves.

A suitable tea table that fits the size of the room should be prepared and a cupboard to store the teaware in is also needed. There are cases of displaying the fancy and beautiful teaware in a display case in the tea room but this is not necessary for tea masters who orient towards honest poverty and non-possession. It is actually better to only take out and use the teaware absolutely necessary from day to day and store the teaware not used away and out of sight.

Aside from the basic teaware, one can decorate with items such as the four friends of a study that create a traditional ambience and even put down small and natural flowers at tea settings. It is not necessary for the lighting to be too bright and if the conditions permit, the light and view outside should be let into the tea room through the window.

Use tiles or wall paper that can create the most simple and clean ambience and also prepare mats and sitting cushions with no excessively colorful patterns. Also use folding screens to accentuate the traditional tea setting. It's best to leave the guests' coats, bags, etc. outside the tea room and in other places such as the living room.

The Making of Traditional Japanese Tea Rooms

It is not easy to properly create traditional Japanese tea rooms in Korea. Even more so in apartments. And even the indoor ambience is created as similar to a Japanese tea room, it is impossible to recreate traditional Japanese tea rooms without the Roji as an outdoor garden and other ancillary space. This eventually means that tea rooms and gardens have to be created on separate sites. It does not even mean that one can create a tea room or garden just because they have land. In the case of traditional Japanese tea rooms, it is typical to use natural and familiar materials such as mud-plastered walls on straw-roof houses or bent rafters and pillars. However, these materials in themselves are difficult to obtain nowadays and their prices are also incredibly expensive. In short, it does not mean one can take any tree and build a tea room just because it is a bent rafter and costs much more than using the best pine trees after evenly cutting them when considering the high-level of formal beauty that Japanese Dado pursues. In fact, it is said that building new tea rooms that are true to the traditional method are much more expensive than building general houses for residence even in Japan.

Therefore, making a Japanese tea room in Korea means having to be satisfied with decorating the interior ambience of tea rooms as close to that of Japan's. In this case, the size of the room should be made to fit three to four people sitting while a tatami should be spread out on the floor and tokonoma also installed. Because this is not a tea room that is separately installed to the garden, there are limits to recreating the traditional method on the doors and windows. Use a kind of wallpaper that does not stand out and adjust the lighting so that it creates the feeling of a rather dark natural light. Keep all utensils such as the teaware which one does not use on the day in a separate place and do not use any kind of decorative elements which are not specified in the rules of Japanese Dado.

The Making of Chinese Tea Rooms

It is the principle to make the tea room in a standing style since China is a standing but not a sitting culture. Prepare a table and chairs that can seat three to four guests and provide the necessary teaware. Certain decorations are required to create the ambience of traditional Chinese tea rooms and the furniture and wallpaper along with various interior design techniques can be used to do this. Make the lights and window so that they also accentuate the traditional Chinese style but still maintain a bright and fancy ambience.

The Chinese tend to enjoy tea drinking in itself over the practice or discipline through tea. There are also more people in Korea who simply enjoy the taste and scent of tea rather than those interested in attaining nirvana through tea. If any one of these people often enjoys Chinese oolong tea or fermented tea on a daily basis, one could possibly design a Chinese style tea room.

In the case of designing Chinese tea rooms, one needs to be aware of the variety of Chinese tea. Several types of teaware are needed since enjoying only one type of tea is generally almost never the case and items such as a convenient cabinet to store various teaware and tea are necessary.

The Concept of Western Style Black Tea Tea Rooms

The tea that has attracted the most attention in recent years is most likely none other than black tea. It is possible to design a black tea tea room where pleasant small talk and the bright and cheery scent of black tea are in harmony with each other. However, it is not easy for an individual to make a separate tea room for the purpose of professionally drinking black tea only. It is strange for Koreans who live in Korea to recreate the black tea tea rooms of British ladies from two to three hundred years ago and it is also not easy to find friends who will get together to enjoy tea.

If designing a black tea tea room, tables and chairs that can seat several people in the largest room possible is necessary. Put down a massive table, decorate the walls with western paintings while curtains and other materials can be used to spice up the ambience. Designing a black tea tea room will only be worthwhile if an exotic ambience is created using paintings or props that are related to tea to their greatest extent.

Anywhere with Tea is a Tea Room

It is not easy for a person who professionally learns or teaches tea to abandon the desire for a personal tea room. However, owning a private tea room for modern humans who live with several family members in apartments is not exactly the easiest thing to do. Nothing would be better than to arrange a tea room, but even if this is not possible, one can still lay out a tea setting anytime and anywhere. Several tea masters actually take each of their living rooms, studies, and even dining tables and use them by turning them into best tea setting that is necessary from time to time. Moreover, tea rooms that suit only a certain type of tea do not necessarily only have advantages considering there are not many people who enjoy drinking just one or two types of tea. In such cases where various types of tea are enjoyed, it is actually more convenient to design an adequate spot and use it for tea settings that are needed from time to time. The following are some good guidelines to keep in mind when making use of places such a living room and study as a tea room.

First, always place all the items related to tea in the same, designated places. If the teaware and other things are not stored and cared for in this way whether it be the display cupboard in the living room or the veranda cabinet, it is easy for the tea and teaware to be scattered all over the house and become a place that is neither a tea room or a living space.

Second, prevent as much bad smells like fishy smell from going near the place where the tea and teaware are stored as well as the place for drinking tea. Let us not forget that tea is a sensitive food that is incompatible with other smells.

Third, only parts of relatively large spaces such a living room can be used as tea rooms. This is a method of placing a sitting-down style tea table on one side of the living room and using it for several tea settings. In this case, a separate place to store the various types of teaware is also necessary. Because in a very short time, one tends to collect various teaware that go well with tea when living the tea drinking life, if they keeping stacking them up on one side of the tea setting, the setting becomes so distracting and complicated that even drinking tea makes it impossible to enjoy the classic grace and dignity of the tea setting.

Fourth, even a tea setting held in the same place needs changing up by actively using props that go with the season. Make use of a variety of props such as flowers and sitting cushions which suit the season, tea cups, blinds, lights, and mats. By repeating to practice decorating tea settings sensitive to the seasons and situations like this, anyone can get a discerning eye and be able to make a more elegant tea setting.

Ⅱ

다실 구성의 실제

Practice of the Tea Room Making

1. 한국의 다실

Korean Tea Room

이순신 장군을 기리는 한옥이다. 장군도 차인이었다.
대청마루 뒤편의 세 칸 협문이 그대로 풍경이 담긴 액자가 된다.
널찍하게 자리를 깔고 청자 다기로 접빈상을 차렸다.

스타일리스트 김공녀 **장소** 현충사

황희 정승의 사당인 경모재(景慕齊) 마루에 찻자리를 펼쳤다.
청화백자의 고운 자태가 그늘진 대청마루를 밝게 비춘다.

스타일리스트 고복순　　**도자기** 도정요　　**장소** 황희정승 영당

옛 추억을 되살리는 안방마님의 차실이다.

뒷문 넘어 돌담에 핀 매화 꽃들의 향기가 안방까지 스며들어
차와 벗이 된다.

스타일리스트 최정임   **장소** 고성청광리박진사고가

함양 남계서원(藍溪書院, 유네스코 세계유산)의 전통차 찻자리다.

청홍 모시천과 오색 다식으로
정여창(鄭汝昌) 선생의 학문과 사상을 기리고,
청화백자에 정결한 마음을 담아 차를 우려내었다.

스타일리스트 서주희 **장소** 남계서원

전통 한옥에 앉으면 옛 조상들의 숨결이 느껴진다.

세월을 말해주는 뒷문 밖 돌담을 병풍 삼아 중후한 느낌으로 침묵의
찻자리를 펼쳤다.

스타일리스트 이계자 **장소** 오죽헌

수신과 수양의 길.

청홍 주머니에 말차 사발을 숨겨 놓고 백자 정병에 물을 담아
전통적인 군자다도, 선비다도를 위한 찻자리를 펼쳤다.

스타일리스트 서주희 **장소** 남계서원

봄을 부르는 한옥 별채의 차실이다.
창호지 문 건너 또 다른 방에 봄이 왔다는 소식을 전한다.

찻상을 꾸며 놓으니 누군가를 초대하고 싶어진다.

스타일리스트 지현숙　**도자기** 고산요　**장소** 오죽헌

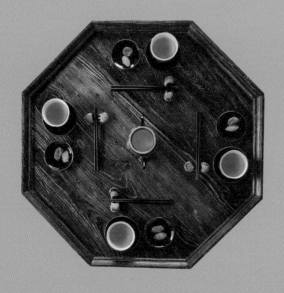

마음의 문을 연 듯 활짝 열린 대청마루 위에서 신라 토기로 차 한 잔을
즐기는 자리다.

황희(黃喜) 정승의 청렴하고 결백했던 삶을 되새긴다.

스타일리스트 황해연 **장소** 황희정승 영당

옛 선비들이 자연을 벗삼아 시를 읊고 다담을 나누던 동호정(東湖亭)이다.
1484년 함양군수로 부임한 차인 김종직(金宗直) 선생을 생각하며 다담상을 차렸다.

스타일리스트 최향옥 **장소** 동호정

도심 속 한옥이 정겹고 아름답다.

낮은 우물 모형 위에 널판으로 다탁을 만들고,
꽈리 열매를 자유롭게 연출했다.

자연을 닮은 무유 다기에 황차를 우려 봄을 만끽한다.

스타일리스트 이유랑　**도자기** 청학도방　**장소** 뜰과다원

병풍 대신 한국 전통 문살로 다실을 장식했다.
등잔불 아래 비치는 호박 문양 청자 다기들이 고운 자태를 뽐낸다.

스타일리스트 이유랑　　　**장소** (사)한국차인연합회 박동선이사장 차실

전통 창살을 만난 모시 조각보가 우리 전통의 미의식과 정서를 보여준다.

조선백자와 흑유정병으로 음양의 조화, 명암의 대비를 표현했다.

스타일리스트 한애란

전통적인 분위기와 현대적인 감각이 물씬 풍기는 공간이다.
세 부분으로 나누어 친근한 느낌의 말차 찻상을 차렸다.

스타일리스트 최정임 **장소** 뜰과다원

전통 한옥 공간을 다실로 꾸몄다.

오랜 역사와 따뜻한 숨결이 있는 고성 박진사 고택에서
종부의 손길로 말차 체험을 해본다.

스타일리스트 최정임　**장소** 고성청광리박진사고가

수행자의 방처럼 장식을 최소화하고 찻자리도 정갈하게
마련했다.

벽면 중앙에 무진장(無盡藏) 족자를 걸어 차인의 마음을
표현하고, 묵직한 검정색 다탁과 역시 묵직한 느낌의 사
발에 차를 격불했다.

스타일리스트 이수정　　**장소** 부산 숙우회 선화당 다실

문경의 조선요(경북민속자료 제135호)에는 180년의 역사를 지닌
전통 망댕이가마가 있다.

그 옆의 디딜방아 위에 청화백자 다기로 찻자리를 준비했다.

그릇은 8대째 가업을 잇고 있는 김영식 장인의 작품이다.

스타일리스트 한애란 **도자기** 조선요 **장소** 문경 조선요

중요무형문화재 제105호로 지정된 백산 김정옥 사기장의 작업실이다.
두 개의 항아리를 기둥 삼아 널판으로 임시 다탁을 만들었다.

도자기 초벌구이 작업 중 흙 묻은 손으로 차를 마신다.
야생 들꽃으로 꾸민 다화도 감상하며 잠깐 숨을 돌리는 중이다.

스타일리스트 한애란 **도자기** 영남요

벽면에 늘어진 족자에 새겨진 글이 말해 주듯 차향이 가득한 집이다.

테이블 속 다화의 아름다운 선이 예술이다.

스타일리스트 김늠이   **도자기** 밀양요   **장소** 밀양요 차실

소박한 느낌을 주는 재봉틀이 다탁으로 변신했다.

시골집을 리모델링한 공간에서 말차 한 잔의 여유를 누려본다.

스타일리스트 이영애   **도자기** 황산요   **장소** 레인하우스

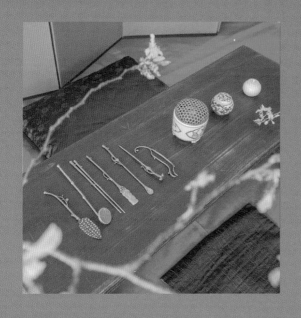

새봄 앞둔 늦겨울 찻자리다.

매화가지 하나 꺾어 무지 병풍에
그림처럼 꽂았다.

좋은 향에
몸이 반응하듯이,

금잔에 담긴
말차 한 잔으로

중정(中正)의 정신을 체득한다.

스타일리스트 최송자

도시를 떠나 창밖으로 자연을 느껴본다.

시골밥상처럼 마루 위에 찻상 차려 옛 추억을 더듬는다.

스타일리스트 이계자 **도자기** 황산요 **장소** 레인하우스

2. 중국의 다실

Chinese Tea Room

한옥과 중국 다실이 만났다.

흑단 다탁에 세련미를 갖춘 은 다기를 올렸다.
한 송이 수선화가 다실에 중후한 느낌을 더한다.

스타일리스트 김태연 **장소** 명가원

서양의 앤티크 소품과 동양의 족자가 만나 고풍스런 다실이 되었다.

벽에 걸린 족자의 인력극천(人力克天)은 박정희 대통령의 친필 글씨다.

스타일리스트 장관호 **장소** (사)한국차인연합회 박동선이사장 접견실

반달 모양 창문에서 고운 여인의 모
습이 그려진다.

붉은 다탁에
붉은 자사호 다기들이 놓이니
중국 다실 분위기가 물씬하다.

스타일리스트 김유미　**장소** 지금스미다

작은 창틀에 놓여 있는 다화가 다실에 안정감을 주고 있다.
붉은색 러너와 앙증스런 꽃 다기의 조화가 더욱 매력적이다.

스타일리스트 고복순 **장소** 명가원

한옥의 대청이 현대적인 거실 겸 다실로 변했다.

정갈한 정원에 떨어지는 빗소리를 들으며
귀한 손님과 차 한잔 나누는 꿈을 꾸게 된다.

스타일리스트 김태연 **장소** 운여차실

서울 도심 속 한옥을 다실로 꾸몄다.

양지 바른 창가에 소박하고 단아한 차도구를 차려놓고
엄마 품처럼 따뜻한 우롱차를 마신다.

스타일리스트 황해연　　**장소** 뜰과다원

산수유가 작고 아늑한 다실을 밝고 화사한
분위기로 연출한다.

벽과 벽 사이에 앉은 작은 자사호들도 눈길
을 빼앗는다.

분위기만으로도 차의 향과 맛이 배가되는
듯하다.

스타일리스트 이유랑 **장소** 명가원

한가로운 오후의 여유가 느껴지는, 소박하지만 정갈하고 편안한 찻자리다.

원탁의 작은 나무 찻상과 나무 매트, 같은 소재의 방석으로 안정감과
통일감을 주었다.

스타일리스 이미연 **도자기** 차모아 **장소** 카페 히토

원형 창문이 중국풍 다실의 분위기를 한껏 고조시킨다.

여기에 한국 전통의 문과 바닥의 멋을 살리니
단아하면서도 깔끔한 다실이 된다.

스타일리스트 이미연 **장소** 명가원

현대적 공간에 오래된 다구와 찻상들을 배치했다.

시원하게 펼쳐진 나무 다탁에 장식을 최소화한 세팅을 해놓으니
여백의 미가 느껴지는 동시에 다구의 아름다움이 강조된다.

스타일리스트 김태연 **장소** 차담

동네 모퉁이에 있는 작은 차실 창가에 앉아 차 한잔의 쉼(休).

스타일리스트 박예슬 **장소** 명가원

차를 마실 수 있는 아름다운 공간을 찾는 것은 누구에게나 꿈이다.
햇살 아래 즐기는 차 한잔의 따스함이 온몸과 정신을 일개워 준다.

스타일리스트 안영수 **장소** 비비비당

벽과 천장, 바닥을 어둡게 마무리한 명상 차실이다.

차분함과 안정감을 주기 위해 간결한 세팅으로 연출했다.

모던한 벽과 창문, 일본식 바닥으로 된 차실에서 중국차 찻자리를 펼쳤다.

스타일리스트 이종찬 **장소** 이루향서원

작은 공간에 2인용의 작고 정감이 가는 찻자리를 꾸몄다.

소박한 다화에서도 정성이 보이고, 녹차 향기에 절로
마음이 끌린다.

스타일리스트 이종찬   **장소** 카페 히토

바닥에 〈칠완다가(七婉茶歌)〉가 새겨진 다실이다.

테이블크로스를 덮지 않고 중후한 분위기를 연출했다.
중국차를 즐기는 손님들께 최상의 세팅이다.

스타일리스트 이유랑 **장소** 명가원

중국식 누각에 작은 다탁을 설치했다.
남색 다기들과 바구니 속에 꽂은 다화가 눈길을 끈다.

중국 다실 분위기를 잘 살린 깔끔한 세팅이다.

스타일리스트 김능이 **도자기** 우곡요 **장소** 순천만국가정원

모던한 가구와 조명이 잘 어울리는 공간이다.

의자 사이 작은 테이블에 짙은 그린색 러너를 놓고 앙증맞은
다관과 찻잔을 세팅하였다.

스타일리스트 이수정   **장소** 이루향서원

작은 파티를 열어도 좋을 공간이다.

긴 원목 다탁 위에 러너를 언밸런스
로 배치했다.

다양한 자사호 다기들 속에 담긴
각종 보이차 맛이 궁금해진다.

스타일리스트 이계자 **장소** 우디가

전통 분위기가 나는 다실에 작은
경탁을 놓고 개완배를 올렸다.

세월을 말해주는 돌화로와 은 탕관이
돋보인다.

누구든 차분하게 차를 즐길 수 있는
공간이다.

스타일리스트 ·곽은애　　**장소**　이루향서원

3. 일본의 다실

Japanese Tea Room

손님이 들어오는
나지리구치와
주인이 출입하는
사도구치가 구분된,

전통 일본 다실 분위기를
한껏 살린 다실이다.

자연스럽고 소담한 다화로
손님을 맞이하는 정성을 표현했다.

스타일리스트 노현옥
장소 운여차실

일본 차실에 들어갈 때는 다다미선을 밟지 않고 조용
히 몸을 숙이며 들어가는 것이 예의다.

소박함을 강조하는 와비의 정신을 생각하면서 또 다른
차의 세계를 펼쳐본다.

스타일리스트 고복순　**장소** 강릉 설야다실

계단 밑 자투리 공간을 이용한 찻자리다.

한중일 실내 인테리어가 조화를 이룬, 작지만 아이디어가 돋보이는 다실이다.

스타일리스트 안영수　　**장소** 카페히토

오른쪽 아래 강을 상징하는 하얀 모래가 깔려 있다.
강물 위에 작은 돛단배가 보인다.

흐르는 강물처럼 맑은 마음으로 피크닉 찻자리를 펼쳐보았다.

스타일리스트 이춘환 **장소** 강릉 설야다실

4. 서양의 다실

Western Tea Room

현대적인 뉴욕 스타일의 느낌을 주는 다실이다.
차를 사랑하는 사람들이 편안하게 즐길 수 있는 카페식 찻자리다.

스타일리스트 이계자 **도자기** 차모아 **장소** 르시랑스

프로방스의 느낌을 주는 따뜻하고 사랑스러운 홍차 다실이다.
로맨틱한 사람과 즐거운 시간을 갖기에 안성맞춤.

스타일리스트 최송자

서양식 서재 한쪽에 홍차 티룸을 꾸몄다.

흰 다포 위의 화려한 홍차 다구와 다식들이 입맛
을 다시게 한다.
입도 호강이고 눈도 호강이다.

스타일리스트 고재순 **도자기** 차모아 **장소** 컴프에비뉴

영국인들은 오후 3시쯤 애프터눈티 티타임을 갖는다.

홍차와 부담없이 편안한 간식류로 가까운 지인들이 모여 행복해지는 시
간이다.

스타일리스트 노현옥 **장소** 멜랑주

거실 한 켠에 마련한 서양식 티룸이다.
두 개의 노란 조명이 멋을 더한다.

유리컵에 센스 있게 꽂아 놓은
긴 다식과 꽃 또한 멋스럽다.

스타일리스트 이종찬
도자기 차모아
장소 르시랑스

다양한 티팟과 찻잔들을 활용한 티룸 세팅이다.

고전적이면서도 매혹적이다.

테이블 위에서 아래로 흘러 내리는듯 연출한 러너와
호박 모양 홍차 다기들이 사랑스럽다.

스타일리스트 이수정

평화와 기쁨이 넘치는 크리스마스 찻자리다.
일반 가정의 거실이나 식탁에서도 얼마든지 아름다운 찻자리가
가능함을 보여준다.

스타일리스트 이정아　　**도자기** 차모아　　**장소** 르시랑스

피아노가 놓인 거실 한켠이 다실로 변신했다.
체크무늬 테이블 크로스와 홍차 한잔이 마음에 여유를 더한다.

스타일리스트 이수희 **도자기** 차모아 **장소** 해브어싯

품격 있는 라이프 스타일 공간에 순백색을 주제로 한 홍차 세팅이다.
잔잔한 음악이 있는 곳에 차벗들이 모였다.

스타일리스트 장관호 **도자기** 차모아 **장소** 르시랑스

벽면에 걸려 있는 작은 그림액자들과 빨간색 영국 엔티크 의자들이 귀족
풍의 다실을 완성한다.

영국의 궁전 접견실에서 홍차 한잔 마시는 느낌을 준다.

스타일리스트 최송자　**장소** 르시랑스

프로방스 느낌의 작은 다실이다.

빨간 테이블 위에 촛불 밝혀 에스프레소 작은 찻잔으로 차향에 취해본다.

스타일리스트 김공녀 **장소** 순천만국가정원

화이트를 강조하여 깨끗한 느낌을 주는
서양식 티룸이다.

가족들을 위해 일반 가정의 식탁 위에서도
꾸밀 수 있는 홍차 찻자리를 연출했다.

스타일리스트 박예슬
도자기 차모아
장소 컴프에비뉴

거실 한쪽,
구석진 모퉁이에
대바구니와 흰색 레이스를
활용하여

부드러운 멋을 낸 부부
찻자리 연출이다.

스타일리스트 안영수
도자기 차모아
장소 해브어싯

우아한 애프터눈 티를 위해 간편하게 차려진 실용적인 찻자리다.

주말 저녁, 피아노 연주와 함께 여유로운 한잔의 차로 가족의 정을
나누기에 더없이 좋은 찻자리.

스타일리스트 고재순 **장소** 세미리조트 월든 & 커피팀버

블랙, 화이트, 레드, 골드의 컬러로 연출한 크리스마스 티 테이블이다.
화려하면서도 과하지 않은 세련된 세팅이 눈길을 사로잡는다.

풍성한 센터피스는 낮게 자리잡아 안정감을 주고, 모던한 골드 촛대와
디저트 트레이는 높게 올려 볼륨감을 살렸다.

스타일리스트 이수정

195

하트 모양 창문이 평화로운 느낌을 주는 다실이다.

은쟁반과 다식, 다화가 함께 놓여 평화로운 분위기를 연출한다.

스타일리스트 이정아 **장소** 아벨커피

따뜻한 햇빛이 거실로 스며든다.
곡선의 유리창이 자유로운 느낌을 준다. 핑크 빛 안세룸이 포인트가 되었다.

스타일리스트 양계순 **도자기** 차모아 **장소** 컴프에비뉴

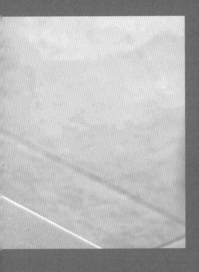

5. 현대의 다실

Modern Tea Room

젊은이들이 차를 즐기기
알맞은 다실이다.

예쁜 유리잔과
사방에 놓여 있는 책들은
여유롭고 자유스러움을 준다.

스타일리스트 이수희
장소 모리츠플라츠

줄무늬 테이블크로스와 흰색 벽면이 경건한 분위기를 자아낸다.
유리 항아리에 차를 가득 담아 축배의 찻자리로 연출했다.

스타일리스트 지현숙 **장소** 순천만국가정원

많은 사람들이 모이는 행사장용 티 테이블이다.
개완배와 앙증맞은 흰색 찻잔이 러너 위에 사랑스럽게 앉아 있다.

스타일리스트 황해연 **장소** 컴프에비뉴

다소 파격적인 구성이다.

작은 원형 테이블 하나만으로는 아쉬워
바로 옆에 또 다른 형태로 연결되는 작은 공간을 꾸몄다.

스타일리스트 심선자   **도자기** 청욱요   **장소** 강릉 커피빵

찻사발 전시관이 다실로 변했다.

관음요 김선식 청화백자 사기장(무형문화재 제32-마호)이 최초로 만든
한국다완박물관에 손님 맞이 티 테이블을 차렸다.

2,500여 점의 작품들이 전시되어 있다.

스타일리스트 한애란   **도자기** 관음요   **장소** 한국다완박물관

단아하고 평온함을 주는 찻자리다.

영혼이 미소 짓는 듯한, 추상적이고 현대적인 세팅이다.
벽면 항아리 그림의 색과 명암이 차실 공간과 조화를 이룬다.

스타일리스트 이종찬 **도자기** 도정요 **장소** 비비비당

무채색의 편안함을 주는 소파와 이중 테이블이 분청다기를 한층 더 멋스럽게 한다.
분청다기 찻잔에 담겨 있는 발효차로 잠깐 쉼을 얻는다.

스타일리스트 홍계랑   **도자기** 관문요   **장소** 그곳 커피볶는집

바다가 보이는 창가의 테이블에 사랑스런 찻자리를 연출했다.
로맨틱한 분위기도 좋고, 창밖의 풍경도 그만이다.

이렇게 아름다운 곳에서는 차가 제격이다.

스타일리스트 이춘환　**장소** 세미리조트 월든 & 커피팀버

통유리에 비치는 곱슬 버들가지의 선이 춤을 추는 듯하다.
딱딱한 가죽 소파 앞에 놓인 현대적인 녹색 다기들이 세련미를 더한다.

스타일리스트 양계순　**도자기** 도야　**장소** 호메오

저 멀리 수평선을 바라 볼 수 있는 아름다운 다실이다.
세상 근심 모두 떨쳐버리고 테라스 풀장에 차와 함께 몸을 던져본다.

스타일리스트 고재순　　**장소** 세미리조트 월든 & 커피팀버

우주 공간 앞에 앉아보니 나의 지경이 넓어지는 듯하다.

따뜻한 홍차 한잔 마시며 독서삼매에 빠져본다.

스타일리스트 박예슬　**도자기** 차모아　**장소** 호메오

생활 속의 차를 위한 다정하고 온화한 분위기의 티 테이블 세팅이다.

화려한 샹들리에의 밝은 조명이 마음의 소리를 듣게 한다.

스타일리스트 장관호 **도자기** 관문요 **장소** 컴프에비뉴

긴 테이블을 활용하여 차분하고 통일성 있게 꾸며진 찻자리다.

흰색 커튼 앞에 고고하게 선 양란 한 송이가 마치 품격 넘치는 여인처럼
손님을 맞이한다.

스타일리스트 곽은애　**도자기** 차모아　**장소** 해브어싯

편안하고 안정된 느낌의 찻자리다.

간결하고 앙증맞은 다화와 작은 다식 바구니에서,
작은 것에도 최선을 다한 정성이 엿보인다.

스타일리스트 김정현 **도자기** 가은요 **장소** 더달보드레

추상적인 도자기 한점이 매력적으로 벽면에 진열되어 있다.
어느 도예가는 찻그릇을 만들다 말고 마음속에서 일어나는 꿈을 표현했다고 했다.

정성껏 만든 차를 사랑하는 사람과 함께 나누고 싶은 생각이 절로 든다.

스타일리스트 김늠이　**도자기** 밀양요　**장소** 밀양요 차실

젊은 연인들을 위한,
아지자기하고 작은 다실이다.

강아지도 차 향기에
취해보고 싶다는 표정.

스타일리스트 김유미
장소 컴프에비뉴

어느 화가의 화실이 다실로 변하니 금새 차 향기가 가득하다.

마음을 평화롭게 하는 그림들과 쪽빛 모시 천이 펼쳐진 다탁에 앉아
냉녹차 한 잔으로 목을 축인다.

스타일리스트 최송자

햇빛 밝은 거실에 소박하게 차린 찻자리다.
요란스럽지 않는 차도구에 야생 설유화 꽃이 찻잔을 적시고 있다.

스타일리스트 심선자   **도자기** 백두요   **장소** 해브어싯

천장에서부터 자연스럽게 흘러내리는 불빛의 아름다움이 디자이너
의 예술적 감각을 느끼게 한다.

모짜르트의 음율로 차를 즐겨본다.

스타일리스트 이정아   **도자기** 관문요   **장소** 더달보드레

녹색 쿠션과
녹색 테이블 매트,

작은 소품 하나에도 세심한
정성이 보인다.

자연스러움을 주는
마른 유카리 오브제가
조화를 이룬다.

스타일리스트 양계순
도자기 차모아
장소 우디가

조금 어두운 색감의 테이블 크로스와
빨간 양귀비 꽃을 대비시켜 한층 멋을
낸 찻자리다.

고고하고 매혹적인 다화가 이 세팅의
포인트.

스타일리스트 장관호 **도자기** 차모아
장소 아벨커피

젠(zen) 스타일의 정원이 삽시간에 다실로 변모했다.
가만히 앉아 말차 한잔 마시며 내 속을 들여다본다.

스타일리스트 김정현   **도자기** 도정요   **장소** 그라운드헤븐

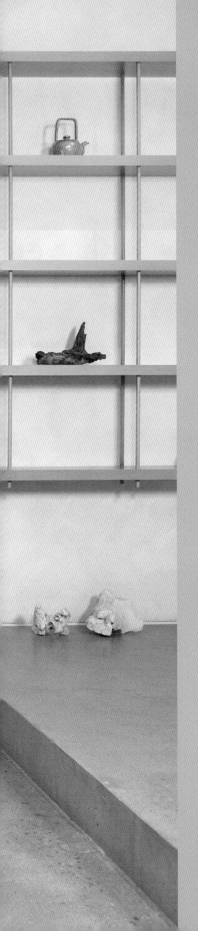

야자수 껍질에 앉아 있는 계란 모양의 촛불과
옛 여인의 아름다움을 보여주는 듯한 다화가
이색적이다.

스타일리스트 고복순 **도자기** 가은요 **장소** 퍼베이드

원목의 긴 다탁 위에 망사 러너를 가로 세로로 여러
개 사용하여 꾸몄다.

풍성한 꽃떡 다식과 벽 뒷면 긴 창문 사이로 보이는
초록 나뭇잎이 공간의 아름다움을 한층 드높인다.

스타일리스트 김정현   **도자기** 차모아   **장소** 그라운드헤븐

모던한 느낌을 주는 다실이다.

허전함을 채우기 위해 구석진 곳에
큰 항아리를 놓고 매화꽃을
가득 꽂았다.

귀품이 흐르는 백자 다기들의 모습이
마음을 사로잡는다.

스타일리스트　이춘환
도자기　매원초가
장소　퍼베이드

흘러 내리는 불빛이
테이블 위에 앉은
작은 홍차 다기들을 비춘다.

유리병의 왁스플라워 꽃이
다구들과 재롱을 부축이 듯
서로 바라보고 있다.

스타일리스트 노현옥
도자기 차모아
장소 그라운드헤븐

밝고 명랑한 분위기의 파티용 다실을 꾸몄다.
천장의 문짝 하나가 현대적인 감각을 더한다.

간단한 개완배 다기와 간결한 다화도 마음을 설레게 한다.

스타일리스트 곽은애   **장소** 지금스미다

아늑하고 부드러운 다실이다.

세상을 곱게 물들이고 싶은 마음에 연분홍 천을 드리웠다.
연보라 목련이 찻자리를 더 빛나게 한다.

스타일리스트 김정현 　 **도자기** 가은요 　 **장소** 그라운드헤븐

조용하고 차분한 공간에
천장으로부터 빛이 쏟아진다.

어둡고 적막해 보일 수 있는 공간을
테이블 중앙의 양란 한 송이가
환하게 밝혀준다.

스타일리스트 심선자
장소 오설록티하우스 인사점

바다가 보이는 창틀을 그대로 다탁으로 삼았다.
등대와 수평선을 바라보면서 하염없이 명상에 잠길 수 있는 다실이다.

스타일리스트 지현숙　**도자기** 가은요　**장소** 강릉커피빵

6. 야외 찻자리

Garden Tea Table Setting

천년 이끼 옷을 입은 너럭바위에 자리잡은 신령스런 정병에 마음을 빼앗기게 된다.

용추폭포 물꽃 피우는 힘찬 소리 들으며 연분홍 꽃바구니 옆에 두고 조용히 차명상으로 마음을 들여다본다.

스타일리스트 김유미 **장소** 용추폭포

세속의 시끄러움을 피해 뒤뜰로 나왔다.

정갈하고 작은 뒷마당에
맑고 깨끗한 청화백자로 차를 우린다.

보는 이 없으니 더욱 좋다.

스타일리스트 홍계랑 **장소** 오죽헌

한옥 앞뜰 송림 사이, 백옥 명주로 양쪽 소반을 연결한 찻자리다.

소나무 아래 너럭바위는 우리 조상들이
수백 년 찻자리로 삼았던 자연의 다실이었다.

스타일리스트 최향옥　　**장소** 솔송주문화관

현충사 마당에 펼쳐진 여인들의 찻자리.

연두색 모시천이 물결처럼 흘러내리고
우려진 녹차물에 연꽃 띄워
오고 가는 손님들께 마음껏 대접한다.

스타일리스트 김공녀
도자기 연파 신현철 도예연구소
장소 현충사

한옥 마당이 티파티 장소로 변신했다.
흰 레이스 러너를 깔고 항아리로 의자를 대신했다.

넉넉하고 시원한 느낌을 주는 세팅이다.

스타일리스트 이미연　**장소** 솔송주문화원

봄이 오는 숲길이 다실로 변했다.

자연의 생동하는 소리와 올망졸망 다구들의 합창이 어우러진다.
자연보다 아름다운 다실은 없고 햇빛보다 좋은 조명은 없다.

스타일리스트 이수희　**도자기** 가은요　**장소** 순천만국가정원

한옥의 뒷뜰에 차린 소박한 찻자리다.

평온함을 주는 푸른 잔디와 소나무, 돌담이 있는 넓은 암반 위에
행복이 가득한 가족 찻상을 차린다.

스타일리스트 서주희 **장소** 술송주문화원

일본 전통정원의 아름다움을
살린 공원 한켠에
아담한 찻자리를 꾸몄다.

대나무 홈통으로
맑은 물이 흘러나오고,
녹음 사이로 햇빛이 아름답다.

스타일리스트 이수희
도자기 관문요
장소 순천만국가정원

물소리가 있는 자연 속의 정원이다.

테이블 위에 살포시 내려 앉은 데이지 꽃 다화와 다기들은
그 자체로 운치를 자아낸다.

청화백자 화로 위 탕관도 찻자리의 격조를 높여주고 있다.

스타일리스트 이영애 **도자기** 백암요 **장소** 순천만국가정원

거문고와 피리 소리에
장단 맞추어 시를 읊고 차를 마시며

풍류를 즐겼던
옛 선인들의 모습을 떠올리며

물 위에 수련과
꽃잎을 띄워 찻자리를 꾸며본다.

스타일리스트 최향옥 **장소** 동호정

봄이 오는 장독대 옆 나무 그늘 아래, 들꽃으로 작은 다실을 만든다.

옛 여인들의 기품과 현대적인 삶의 아기자기함이 하나로 어우러진다.

스타일리스트 김태연   **도자기** 우곡요   **장소** 순천만국가정원

해질녘 풍경을 바라보며 반석에 앉아
따뜻한 차한잔으로 마음을 나누는 나들이 찻자리이다.

팔각함과 찻자리 이끼가 일품이다.

스타일리스트 이영애　　**장소** 현충사

중국식 정원에 중국식 찻자리를 꾸몄다.

빨간 원형 매트, 남색 다기, 빨간 석류가 눈부시도록
개성이 넘치는 세팅이다.

스타일리스트 김늠이   **도자기** 우곡요   **장소** 순천만국가정원

은빛 물결이 넘실거린다.

봄을 부르는 연두빛 다구들을 도란도란 너럭바위에 펼쳐 놓았다.
차인들의 고귀한 기상으로 정성이 담긴 차를 우려본다.

스타일리스트 이미연 **장소** 동호정

찻상 아래로 흘러내린 대나무 러너 위로 선명한 색상의 다식과 은은한 연둣빛
녹차가 아름다운 하모니를 이룬다.

스타일리스트 지현숙 **장소** 현충사

능수버들 늘어진 그늘 아래, 고급스런 다기들로 꾸민 야외 찻자리다.
돌다리 아래 흐르는 개울이 한 폭의 그림 같다.

스타일리스트 홍계랑   **도자기** 백암요   **장소** 순천만국가정원

달을 희롱하며 놀았다던 옛 정자 농월정(弄月亭).

산바람 소리와 계곡 물 흐르는 소리가
도란도란 들리는 널따란 반석 위에 앉아
선조들의 풍류에 흠뻑 젖어
앵통에 담아온 다구로 찻자리를 펼친다.

스타일리스트 서주희　**장소** 농월정

파라오의 왕국을 연상케 하는 풍경이다.

저녁노을 물들기 시작하는 촛대바위 언덕에 앉아,
에멜랄드 빛 바다를 바라보며 낭만적인 찻자리를 펼쳤다.

스타일리스트 홍계랑 **도자기** 차모아

동양과 서양이 이 테이블 위에서 만났다.

골드 장식을 특징으로 하는 모던한 다화와 캔들 세팅, 동양의 산수화가 그려진
사각의 화기와 심플한 찻잔들이 놀랄만큼 아름다움을 그려낸다.

스타일리스트 이영애 **도자기** 우곡요 **장소** 순천만국가정원

차 한잔을 마시더라도 어떤 곳에서 어떻게 마시는지가 중요하다.

튤립이 활짝 핀 정원에 홍차 향기도 피어난다.

스타일리스트 김유미　　**도자기** 차모아　　**장소** 순천만국가정원

이탈리아 정원에서 즐기는 파티용 찻자리다.

아치형 대리석 기둥 사이
흰색 홍차 다구들과
센타피스에 길게 늘어선 꽃들,
풍성한 과일과 냉녹차의 빛깔이
조화를 이루었다.

스타일리스트 이춘환   **도자기** 차모아   **장소** 순천만국가정원

유럽의 전통정원에 차린 홍차 찻자리다.

로맨틱한 분위기를 살리기 위해 체크무늬 테이블 크로스를 깔고,
꽃잔에 아쌈 홍차를 담아 소중한 사람과 함께 나누고 싶어진다.

스타일리스트 노현옥 **장소** 순천만국가정원

강릉 오죽헌 뒤뜰의 대숲은 여전히 꿋꿋한 절개를 자랑한다.

풍경이 단순해서 찻자리는 오히려 화려하게 준비했다.

스타일리스트 김태연 **장소** 오죽헌

화사한 봄 기운이 느껴진다.
체크무늬 테이블 크로스와 홍차 꽃잔들이 다정다감한 분위기를 연출한다.

스타일리스트 최향옥   **도자기** 차모아   **장소** 순천만국가정원

네덜란드를 옮겨놓은 듯한 풍차 앞에서 정갈하고 낭만적인 홍차 한잔 마신다.

컬러풀하고 감각적인 느낌으로 밝고 화사하게 연출했다.

스타일리스트 안영수 **도자기** 차모아 **장소** 순천만국가정원

비바람 눈보라 속에서도
일찍 얼굴을 드러낸 동백꽃을 바라보며
따뜻한 홍차 한잔으로 하루를 마무리한다.

스타일리스트 최정임 **장소** 고성청광리박진사고가

저 멀리 작은 섬들이 보이는 테라스!

작은 원형 테이블 위에 하늘 거리는 꽃무늬 테이블 크로스가 바람에 날린다.
가슴 벅찬 감동으로 차를 즐겨본다.

스타일리스트 고재순   **장소** 세미리조트 월든 & 커피팀버

돌담 아래 속삭이는 햇살을 유리 다구에 담았다.

맑고 우아하며, 세심하고 귀여운 세팅이 경쾌한 찻자리를 만들었다.
세 종류의 냉차와 과일들이 만든 이의 속마음까지 보여준다.

스타일리스트 김공녀 **장소** 현충사

III

부 록

Appendix

회　장

박 천 현

일양차문화연구원 회장
(사)세계기독교차문화협회 회장
문화유산 국민신탁 이사
해외 한민족교육진흥회 이사
2007년 올해의 차인상 (사단법인 한국차인연합회)
기독교대한성결교회 서울제일교회 장로

지도교수

김 태 연

일양차문화연구원 교육원장
(사)세계기독교차문화협회 교육원장
(사)한국차인연합회 지도고문
다화, 창작다례, 찻자리 연구가
2001년 제1회 올해의 차인상 (사단법인 한국차인연합회)
2007년 초의상 수상

114p, 122p, 132p, 160p, 286p, 310p

Staff

박 수 만

예술총감독

문 태 규

기획실장

김 유 미

교육실장

118p, 234p,
266p, 304p

1. 참여 스타일리스트

〈 연령 順 〉

이 영 애

106p, 282p,
288p, 302p

이 유 랑

88p, 90p,
126p, 142p

최 정 임

72p, 94p,
96p, 316p

고 복 순

70p, 120p,
156p, 248p

고 재 순

170p, 192p,
222p, 318p

이 미 연

128p, 130p,
274p, 292p

김 정 현

230p, 246p,
250p, 258p

김 공 녀

68p, 186p,
272p, 320p

이 정 아

178p, 196p,
204p, 240p

김 늠 이

104p, 144p,
232p, 290p

심 선 자

210p, 238p, 260p

한 애 란

92p, 100p,
102p, 212p

최 송 자

108p, 168p,
184p, 236p

양 계 순

198p, 220p, 242p

서 주 희

74p, 78p,
278p, 298p

곽 은 애

150p, 228p, 256p

이 계 자

76p, 110p,
148p, 166p

홍 계 랑

216p, 268p,
296p, 300p

이 춘 환

162p, 218p,
252p, 306p

지 현 숙

82p, 206p,
262p, 294p

장 관 호

116p, 182p,
226p, 244p

노 현 옥

154p, 172p,
254p, 308p

이 종 찬

138p, 140p,
174p, 214p

안 영 수

136p, 158p,
190p, 314p

이 수 희

180p, 202p,
276p, 280p

최 향 옥

86p, 270p,
284p, 312p

황 해 연

80p, 84p,
124p, 208p

이 수 정

98p, 146p,
176p, 194p

2. 참여 도예가 리스트

1. 영남요 김정옥 054-571-0901 경북 문경시 문경읍 새재로 579 영남요
2. 연파 신현철 도예연구소 010-9471-1004 경기도 광주시 도척면 마도로 123-16
3. 황산요 이수백 010-3881-5426 부산시 기장군 기장읍 읍내리 14
4. 조선요 김영식 054-571-2536 경북 문경시 문경읍 관음길 212
5. 고산요 이규탁 031-632-8218 경기도 이천시 신둔면 석동로 100-15
6. 우곡요 이종태 055-356-3841 경남 말양시 삼랑진읍 만어로 370
7. 도정요 안창호 010-4485-2814 경기도 이천시 모가면 진상미로1385번길 144-27
8. 밀양요 김창욱 010-5016-3075 경남 밀양시 부북면 위양로 319-40
9. 매원초가 김학동 010-2044-8097 경기도 이천시 경충대로2996번길 36-23
10. 관음요 김선식 010-5487-2549 경북 문경시 문경읍 온천5길 2-1
11. 백두요 김경수 010-3814-2412 경북 문경시 중앙로 76-1
12. 백암요 박승일 010-4181-1909 경북 경주시 남산예길 75
13. 관문요 김종필 054-572-3931 경북 문경시 문경읍 화계1길 83
14.. 청옥요 박주옥 010-4542-8714 경남 김해시 진례면 신안리 평지길 274
15. 가은요 박연태 070-8680-5140 경북 문경시 가은읍 모래실길 28-51
16. 청학도방 송춘호 010-4507-6249 경북 경주시 건천읍 선동길 88-9
17. 차모아 031-907-4168 경기도 고양시 일산동구 일산로380번길 5-5

3. 촬영장소 리스트

1. 세미리조트 월든 & 커피팀버 055-855-7001 경남 사천시 서포면 거북길 306
2. 부산 숙우회 선화당 차실 010-7360-7666 부산 수영구 광안해변로 386
   롯데캐슬자이언츠아파트 106동 3501호
3. 비비비당 051-746-0705 부산 해운대구 달맞이길 239-16
4. 솔송주문화관 055-963-8992 경남 함양군 지곡면 지곡창촌길 3
5. 명가원 02-736-5705 서울시 종로구 윤보선길 19-18
6. 이루향서원 02-732-2666 서울시 종로구 율곡로 3길 75-4
7. 차담 070-4912-5688 서울 종로구 인사동10길18
8. 고성 청광리 박진사 고가 010-2377-2141 경남 고성군 개천면 청광6길 25-12
9. 한국다완박물관 054-571-5780 경북 문경시 문경읍 온천5길 2-1
10. 레인하우스 010-9923-1154 경기도 남양주시 조안면 북한강로626번길 7
11. 오설록티하우스 인사점 02-732-6427 서울 종로구 인사동길 45-1
12. 뜰과다원 02-734-5310 서울 종로구 인사동길 34
13. 강릉커피빵 055-652-0043 강원도 강릉시 창해로350번길 29
14. 그라운드헤븐 055-758-2231 경남 진주시 대신로 626-13
15. 카페히토 051-744-0042 부산 해운대구 우동1로 21
16. 지금스미다 010-9102-1011 경기도 남양주시 다산지금로163번길 9-53
17. 더달보드레 010-2111-5916 경기도 남양주시 다산중앙로82번안길 22-77
18. 우디가 070-8834-9428 경기도 남양주시 다산중앙로82번안길 132-20
19. 멜랑주 031-551-5503 경기도 남양주시 경춘로476번길 59
20. 컴프에비뉴 031-949-8291 경기도 파주시 탄현면 얼음실로 197
21. Pervade(퍼베이드) 033-645-7953 강원도 강릉시 화부산로 78
22. 모리츠플라츠 010-2601-0423 서울시 마포구 와우산로 174
23. 그곳 커피볶는집 031-554-0056 경기도 남양주시 다산중앙로82번안길 131-78

THE TEA ROOM
다실 구성의 원리와 실제

초판 1쇄 인쇄 2020년 6월 3일
초판 1쇄 발행 2020년 6월 9일

저 자   일양차문화연구원
주 소   경기도 남양주시 가운로1길 1 (다산동) 드림프라자 407호
전 화   031)511-3122

감 독   박수만
기 획   문태규
편 집   Curve Creative
촬 영   신서우

펴낸이   김환기
펴낸곳   도서출판 이른아침
주 소   경기도 고양시 일산동구 일산로 142 유니테크벤처타운 263-5호
전 화   031)908-7995
팩 스   070-4758-0887
등 록   2003년 9월 30일 제 313-2003-00324호
이메일   booksorie@naver.com

ISBN 978-89-6745-102-8 03810
정가 39,000원

*잘못 만들어진 책은 구입하신 서점에서 교환해드립니다.